Roman Carus

RITENSTREIT

Roman Carus

RITENSTREIT

Ein Fall für
Questore Bustamante

KNECHT
FRANKFURT AM MAIN

Der Autor erklärt:
Alle Personen, Handlungsabläufe und Zustandsberichte dieses Romans sind – abgesehen von den auf Seite 191 genannten Fakten (und mit Ausnahme der Erwähnung des exzellenten Gasthofs «Da Romano» in Vallepietra und des wirklich guten Restaurants «Al Giardino di Albino» in Rom) – völlig frei erfunden.
Sollte man gleichwohl in diesem oder jenem Punkt Ähnlichkeiten oder Parallelen zur Wirklichkeit feststellen, so sind diese kaum zufällig, sondern angesichts der immer und überall gleichbleibenden *condition humaine* zwangsläufig.

Gedruckt auf umweltfreundlichem,
chlorfrei gebleichtem Papier

Originalausgabe

Herstellung: fgb · freiburger graphische betriebe 2007
www.fgb.de
Gesamtgestaltung und Konzeption:
Weiß-Freiburg GmbH – Grafik & Buchgestaltung
Illustrationen: Hans G. Weigel, Freiburg
ISBN 978-3-7820-0902-7

INHALT

ERSTES KAPITEL

Drei Ereignisse am Vortag

Im Grunde war er ein freundlicher und geduldiger Mensch. Aber was man ihm da zumutete, ging selbst ihm «über die Hutschnur». Diesen Ausdruck kannte er vom Studium der deutschen Sprache an der staatlichen Qinghua-Universität in Peking her. Nach dem Abschluss hatten ihn seine Ordensoberen nach Rom geschickt. Und als guter Jesuit war er dieser Entscheidung auch gehorsam und willig gefolgt. Er sollte seine bisher noch mäßigen Italienischkenntnisse in Rom gründlich verbessern. Wer weiß, vielleicht könnte es bald doch einmal zu einer Übereinkunft zwischen Vatikan und chinesischer Nationalkirche kommen (und damit zwischen Untergrundkirche und staatlich zugelassener Kirche), und dann wäre es für die Kommunikation zwischen China und Rom gut, ein paar Leute mehr zu haben, die des Italienischen mächtig sind.

In Rom war er vor gut einer Woche eingetroffen. Er wohnte in der Kurie des Jesuitenordens, am Borgo Santo Spirito 4, unweit des Vatikans. Allerdings war er dort fast nie anzutreffen und hatte infolgedessen bisher auch kaum einen Mitbruder kennengelernt. Denn schon am frühen Morgen begann sein Italienischkurs an der Zweiten Römischen Universität, der sogenannten «Romanina». Um dahin zu gelangen, brauchte er mit den öffentlichen Verkehrsmitteln ungefähr eine Stunde. Der Kurs dauerte dann bis nach eins. Und da schon um drei die Studieneinheit «Italienische Literatur» am Istituto Dante begann, lohnte es sich nicht, über Mittag in das Generalat der Jesuiten zurückzukehren. Erst spätabends konnte er sich in sein Zimmer auf dem sechsten Stockwerk, das ausschließlich von ständig wechselnden Gästen bewohnt war, zurückziehen, erschöpft und, wie er empfand, im Grunde sehr einsam, weil ohne jede nähere persönliche Beziehung. Da war es geradezu ein Lichtblick, als er vor drei Tagen überraschenderweise einen Brief erhielt.

Der Absender war ihm unbekannt, stellte sich dann aber im Brief als eine chinesische, nunmehr in Rom lebende Familie vor, die ihn, wie sie schrieb, vor Jahren bei einem pastoralen Einsatz in Peking kennengelernt und nun in Erfahrung gebracht hatte, dass auch er in Rom sei. Er konnte sich an diese Familie zwar nicht erinnern, aber das war nichts Besonders, er hatte ohnehin ein schlechtes Personengedächtnis.

Der Brief, der im Übrigen in perfektem Chinesisch und mit dem Computer geschrieben war, enthielt eine Einladung zum Abendessen in drei Tagen, allerdings erst ziemlich spät, so gegen neun Uhr, da erst dann die ganze Familie beisammen sei. Im Brief stand auch die genaue Wegbeschreibung: Er müsse den Bus zur Via Appia Antica nehmen, über die Katakombe S. Sebastiano hinaus bis zur Endhaltestelle an der «Tomba di S. Urbano» fahren, von dort sei es noch etwa eine Viertelstunde stadtauswärts zu Fuß («Leider fährt dort kein Bus mehr!»), und dann wohnten sie in einem kleinen, flachen Haus, auf der Höhe der «Villa dei Quintili», ca. fünfzig Meter rechts abseits der Straße, mit der Nummer 257. Nach dem Abendessen und einem gemütlichen Beisammensein werde man ihn mit dem eigenen Auto zum Borgo Santo Spirito zurückbringen, weil zu dieser Zeit kein Bus mehr fahre.

Am Abend darauf erhielt er einen Anruf von Herrn Gwei Min Shiung, dem Familienchef, der anfragte, ob die Einladung genehm sei und man mit ihm rechnen dürfe. Er hatte gern zugesagt, war es doch eine willkommene Abwechslung zum Stress des Sprachstudiums und zu seiner derzeitigen, einsamen Lebensweise.

Und nun war er auf der Via Appia! Aber, aber! Er hatte sich genau nach der Wegbeschreibung gerichtet. Nur fand er auf der Appia Antica keine Nummer 257. Auch in größerem Abstand rechts und links dieser alten römischen Gräberstraße war kein Privathaus zu sichten. Das Ganze war, wie Aufschriften verkündeten, eine reine «Zona archeologica». Es gab nur antike Grabstätten, mehr oder minder gut erhalten; auch säumten über weite Strecken oft nur unidentifizierbare archäologische Trümmer den Weg. Er hatte fast jeden einzelnen der wenigen Spaziergänger, die in dieser Frühsommerzeit den angenehmen, vorgerückten Abend genossen, um Auskunft gefragt, aber niemand konnte ihm Antwort geben. Da sich sein chinesisches Handy in Rom in kein Netz einklinkte, bat er schließlich einen Passanten darum, dessen Telefonino für ein kurzes Gespräch benutzen zu dürfen. Aber unter der ihm im Brief angegebenen Nummer meldete sich niemand. So blieb ihm schließlich nichts anderes übrig, als zu Fuß in Richtung San Sebastiano zurückzugehen.

Mittlerweile war es schon zehn geworden und bereits recht dunkel. Schon seit mindestens einer Viertelstunde hatte er keinen Menschen auf dieser «Straße des Todes» mehr gesehen, und Autoverkehr, der hier ohnehin auf die wenigen Anlieger beschränkt war, gab es schon seit ungefähr einer Stunde nicht mehr.

Der Pater war nicht nur innerlich erregt und zornig, seine Gedanken kreisten auch unablässig um das Rätsel dieser seltsamen Einladung. Wer hatte ein Interesse daran, mit ihm ein solches Spiel zu treiben? Irgendetwas war da nicht «in Ordnung». Zudem machte er sich Sorgen, wie es jetzt weitergehen sollte. Er befürchtete, dass er bis zum Stadtrand sicher noch eine Stunde zu Fuß brauchen würde. Und ob er dann, zu dieser nächtlichen Zeit, wohl noch einen Bus Richtung St. Peter finden könnte? Solche und andere trübe Gedanken hinderten ihn daran, die unglaublich romantische Stimmung wahrzunehmen, die rings um ihn herrschte: Das allerletzte Licht der Dämmerung vermischte sich mit dem silbrigen Schein eines nahezu perfekten Halbmondes. In der Ferne die vorbeihuschenden Lichter des Autoverkehrs auf der Via Appia Nuova. Der Straßenbelag, der zwischen antiker Steinpflasterung und festgepresstem feinem Schotter abwechselte, die Ruinen der Gräber, die Silhouetten unentzifferbarer Trümmer, die wenigen, vom Wind grotesk zugerichteten Pinien und Zypressen: all das zauberte eine unwirklich scheinende, traumfarbene, bizarre Welt hervor.

Plötzlich hörte er hinter sich Schritte. Gott sei Dank! Vielleicht konnte ihm doch noch jemand weiterhelfen. Zwei Männer überholten ihn. Er wandte sich ihnen zu und wollte gerade zu einer höflichen Frage ansetzen. Da fiel sein Blick, sein letzter Blick, auf einen kleinen, im Mondlicht hell blinkenden Dolch, den einer der beiden in seiner Faust hielt. Wortlos wurde ihm das Messer mehrfach in die Brust gerammt. Das alles geschah blitzschnell, ohne jedes Geräusch, sogar ohne jedes Schreien oder Stöhnen des

Opfers; der Dolch hatte sein Ziel präzise erreicht. Ohne Verzug schleiften die beiden Männer den leblosen Körper sogleich von der Straßenmitte zur Seite, zogen ihm Brieftasche, Kalender, Portemonnaie sowie den Einladungsbrief und das Handy aus den Anzugstaschen, ein paar Schritte noch, dann warfen sie die Leiche in eine der zahlreichen Gruben, die sich zwischen den archäologischen Trümmern befanden und die offenbar früher zu Substruktionen von Grabanlagen gehört hatten. Ein paar von den überall herumliegenden großen, verwitterten Hausteinen wurden hinterhergeschickt, so dass man – jedenfalls auf den ersten Blick – nichts mehr von einem Leichnam sehen konnte. «Das reicht, um ihn für die nächsten fünf bis sechs Tage unsichtbar zu machen», sagte einer der Männer leise, «dann ist unser Job sowieso zu Ende.»

Anschließend wieder tiefstes Schweigen. Nur von fern hörte man den nie abreißenden Verkehr der parallel laufenden, etwa einen Kilometer entfernten Via Appia Nuova und des ebenfalls nahen Grande Raccordo Anulare, der großen, sechsspurigen Ringautobahn um Rom.

***

Schon seit gut zwei Wochen waren die Vorlesungen an der Theologischen Hochschule der Franziskaner in Rom, der Pontificia Università Antonianum, wie sie seit einigen Jahren offiziell hieß, miserabel besucht.

Das lag einmal an der bedrohlich nahen Examenszeit, wo Studenten Dringenderes zu tun haben, als sich Vorlesungen anzuhören; ganz abgesehen davon, dass die meisten davon langweilig waren und ohnehin in uralten, vergilbten, von Studentengeneration zu Studentengeneration weitergegebenen Skripten nachgelesen werden konnten. Denn trotz allen Fortschritts der Theologie machte sich kaum einer der Professoren die Mühe, seine veralteten Vorlesungsmanuskripte zu überarbeiten oder gar zu aktualisieren.

Aber jetzt war nicht nur Examenszeit; auch der schier unerträgliche römische Sommer hatte angefangen. Noch versuchte man, tagsüber Türen und Fenster verschlossen zu halten sowie Vorhänge und Jalousien herunterzulassen, um das Eindringen der heißen Luft zu verhindern. Dennoch machte sich schon überall eine drückend-stickige Hitze breit. Die Hörsäle rochen nach Schweiß, billigem Bohnerwachs und einer niemals verschwindenden wabernden, feinen Staubwolke, die sich infolge der äußerst nachlässigen Reinigung stets neu bildete. Der Vorlesungsbesuch wurde zur asketischen Höchstleistung. Kaum einer also, der zurzeit nicht sehnsüchtig den Beginn der Ferien – nach (hoffentlich!) bestandenen Examina – erwartete!

Heute waren nun die letzten Vorlesungen. Heute, am Donnerstag, dem 15. Juni, ab der zweiten Vorlesungsstunde, um punkt zehn Uhr war bis Mitte Oktober endlich Schluss mit den von den meisten Studenten ungeliebten Professorenmonologen.

Doch es gab mindestens eine große Ausnahme: das Kirchengeschichtskolleg von Professor P. Dr. Remigio Bertoloni OFM. Er war ein Mann in den besten Jahren und trotz der ständig wiederholten päpstlichen Monita an die Priester, sich wenigstens in Rom in klerikalem Outfit zu präsentieren, stets in schickes Zivil mit ausgesucht geschmackvollen Krawatten gekleidet. Noch nie hatte man ihn bisher im braunen Ordensgewand oder im langen schwarzen Klerikertalar gesehen. Wenn er auf seinen «Ungehorsam» bezüglich der kirchlichen Kleiderordnung angesprochen wurde, pflegte er als «unwiderlegbare Argumente» vorzubringen, er halte sich – erstens – ganz an die Heilige Schrift, worin immerhin klar und deutlich zu lesen sei: «Ein Mann soll kein (langes) Frauengewand anziehen; jeder, der das tut, ist dem Herrn ein Greuel!» (Dt 22,5), und – zweitens – folge er ganz gehorsam der päpstlichen Autorität von Papst Coelestin I., der sich ausdrücklich gegen eine besondere Klerikerkleidung ausgesprochen hatte, und zwar mit den eindeutigen Worten: «Wir sollten uns von den andern Leuten ... unterscheiden durch das Glaubenswissen und nicht durch das Gewand, durch den Lebenswandel und nicht durch die Kleidung.» So für jedermann nachzulesen im sogenannten Migne, Band 50, Seite 431.

Deshalb hörte er es durchaus mit Vergnügen, wenn ihn einige Studenten ironisch den «bestangezogenen Franziskaner zwischen Rio und Schanghai» nannten. Dazu war er schlank und agil, seine dunklen, fast schwarzen Haare zeigten trotz vorgerückten Alters noch keinerlei Grautöne, die Gesichtszüge waren fein geschnitten und ausgesprochen harmonisch, gekrönt von einer hohen, faltenlosen Stirn, in die sich nur selten eins von den leicht gekräuselten, zurückgekämmten Haaren verirrte. Der fast immer freundliche Gesichtsausdruck wurde noch von einigen Lachfalten und Ansätzen von Grübchen unterstrichen. Wenn man ihn als Sonnyboy bezeichnen würde, läge man nicht ganz falsch. Kein Wunder, dass Padre Remigio der Schwarm aller weiblichen Studenten war, die erst seit wenigen Jahren an der ursprünglich ausschließlichen Ordenshochschule studieren durften.

Vor seinem Eintritt in den Franziskanerorden hatte er in Paris Sinologie und Geschichte mit Schwerpunkt Ostasien studiert. Nach einer Art «Bekehrungserlebnis», über das man aber nichts Genaueres wusste, trat er in den Franziskanerorden ein und wurde nach einem kurzen Theologiestudium, das er mit einer glänzenden Promotion abschloss, sofort Professor am «Antonianum». Hier war er wohl der mit Abstand beliebteste Dozent. Seine Vorlesungen waren nicht nur informativ, spannend und kurzweilig, er stellte auch bei allen, selbst den obskursten historischen Themen stets einen Bezug zur Gegenwart her, und das nicht einfach deskriptiv-beschreibend, sondern mit jenem ungeheueren persönlichen Nachdruck, dessen er als cholerischer Rhetoriker überhaupt nur fähig war. Mit theatralischen Gebärden und einer Stimme, die über alle Register vom Pianissimo einer «Vox coelestis» bis zum Fortissimo einer schreienden «Tuba» verfügte, suchte er seine stets originellen Auffassungen in die Sinne und Herzen seiner Zuhörer zu transportieren. Kurz: Die vergangenen Ereignisse waren für ihn die große «Lehrmeisterin» der Gegenwart. Mit Geschichte seine Studenten zu provozieren, das war seine Spezialität.

Berühmt-berüchtigt waren seine Vorlesungen über den sogenannten «Ritenstreit» des 17. und 18. Jahrhunderts, für den er auch international als Fachmann galt. Und genau mit diesen jährlich sich wiederholenden Vorlesungen zum Thema Ritenstreit schloss jedes Mal das Studienjahr. Diese Vorlesungen waren so faszinierend, dass selbst eine Reihe von Studenten, die sie schon einmal oder mehrfach gehört hatten, sie aufs Neue hören wollten. Denn die jeweilige Aktualisierung war stets originell und unerwartet und damit schon Grund genug, wieder zu kommen.

Deshalb füllte sich die Aula an diesem Vormittag in schier beängstigender Weise. Ganz vorn saß, wie immer,

Signorina Marletta Corcina, die ganz offensichtlich hoffnungslos in den Professore «verknallt» war, so sehr dass sie nie etwas mitschrieb, sondern ihm nur unentwegt mit verklärtem Gesicht in die Augen sah. Daneben hockten die beiden unzertrennlichen, noch sehr jungen, ausgesprochen hübschen Franziskanerscholastiker Frater Pierluigi und Frater Romano. Beide hatten dunkles Haar und tiefbraune Augen mit ein wenig melancholisch herabhängenden Augenwimpern, beide wiesen keinerlei markante, dafür aber knaben-, um nicht gar zu sagen: mädchenhafte Gesichtszüge auf. Sie waren bekannt als totale «Fans» des Professore, aber «verknallt» waren sie nicht eigentlich in ihn, sondern – wie jedenfalls böse Zungen behaupteten – eher ineinander. Heute saß neben den dreien auch der Guardian, der Hausobere der Franziskanerkommunität, Pater Gaetano Buonaiuti, der sich mal wieder an einer pikanten Vorlesung voller Pfeffer und Salz delektieren wollte. Da niemand es riskierte, neben ihm, dem Vorsteher, Platz zu nehmen, blieb die erste Bank locker besetzt, während sich dahinter die Masse der Studenten drängte. Viele nahmen auf den Heizkörpern oder einfach auf dem Fußboden Platz. Spannung lag in der Luft.

Die Vorlesung begann jedoch eher «molto piano»:

«Meine Damen und Herren. Heute sprechen wir über den Ritenstreit des 17. und 18. Jahrhunderts, über eines der verhängnisvollsten Ereignisse der Kirchengeschichte, das die Christenheit in Europa wie in Asien, speziell in China, spaltete und schließlich 1773 zur Aufhebung des Jesuitenordens führte. Einzelheiten können Sie selbst und sollten Sie auch selbst in den Geschichtsbüchern nachstudieren. Dabei darf man vor allem nicht außer Acht lassen, dass das Ganze nicht einfach nur eine innerkirchliche oder theologische Angelegenheit war, sondern dass auch die politischen Spannungen zwischen den damaligen Kolonialmächten, welche unterschiedliche staatskirchliche Positionen vertraten und sich in den außereuropäischen Missionen gegenseitig Konkurrenz machten, eine nicht unerhebliche Rolle spielten. Ich fasse jetzt nur knapp die Grundlinien des Streits zusammen, um im Anschluss daran einige Konsequenzen für uns heute zu bedenken.»

Der Professore skizzierte dann kurz und bündig die Anfänge der neuzeitlichen China-Mission: Es waren Jesuiten, allen voran der hl. Franz Xaver, die treffsicher erkannten, dass von der Christianisierung Chinas die Evangelisierung des ganzen ostasiatischen Raums abhing. Öffnete sich China dem Christentum, würden auch die anderen Reiche der Region folgen. Deshalb versuchten die Jesuiten, «auf Teufel komm raus» das Evangelium in das verschlossene «Reich der Mitte» zu bringen.

Dies geschah seit dem wirklich großen und bedeutenden Pater Matteo Ricci vor allem durch zwei große Strategien «oder – so fragte der Professore wörtlich – sollte man besser sagen: durch zwei große taktische Manöver?» Bertoloni legte dies sodann im Einzelnen dar.

Erstens bemühte man sich mit allen nur erdenklichen Mitteln, an den kaiserlichen Hof in Peking zu gelangen, sich dort durch vielerlei Dienste unentbehrlich zu machen und auf diese Weise den Kaiser zu beeinflussen und für die christliche Mission günstig zu stimmen. So berechnete man mit den Mitteln europäischer Astronomie ganz neu den für die chinesische Kultur immens wichtigen, mittlerweile ganz aus dem Gleis geratenen Kalender und gründete für die jährliche Neuberechnung ein eigenes, von den Jesuiten geleitetes astronomisch-mathematisches Institut. Man führte am staunenden Kaiserhof bis dahin unbekannte Medikamente ein und stellte neue technische Instrumente vor: Uhren, Brillen, Spiegel sowie – nicht zu vergessen! – den «letzten Schrei» der europäischen Waffentechnik: leistungsfähigere Kanonen, die in ihrer Wirksamkeit alle bis dahin bekannten Waffen übertrafen. Man dekorierte als Meister der Innenarchitektur und Malerei die höfischen Gemächer mit bislang nie dagewesenem Glanz; als Gartenarchitekten stattete man die kaiserlichen Gärten mit raffinierten Springbrunnen aus, mit wasserspeienden Tieren und anderen hydraulischen Anlagen, wie z. B. wasserangetriebenen Uhren, und erregte als Meister in der Herstellung mechanischer Kunstwerke wie z. B. automatisch sich bewegender Tiere – unter ihnen ein «naturgetreuer» Löwe – allerhöchste Bewunderung. Darüber hinaus wurden viele Jesuiten zu Lehrmeistern der kaiserlichen Familie in Physik, Astronomie und Mathematik.

Als sich unter dem Mandschu-Kaiser Kangxi einige Tartarenstämme mit Russland zusammentaten, um einen Angriff auf China zu unternehmen, wurden Jesuiten sogar damit beauftragt, die Streitigkeiten in der chinesisch-russischen Grenzregion am Amur zu schlichten. Die Patres brachten unter der Führung von Pater Jean-François Gerbillon eine Art von «Friedenskonferenz» zusammen und nahmen als Übersetzer und Unterhändler persönlich und in entscheidender Weise an den Verhandlungen teil. Diese konnten dann mit dem ersten Friedensvertrag zwischen China und einem europäischen Staat, nämlich dem von Nertschinsk, abgeschlossen werden.

Diese Taktik – mit raffinierten Dienstleistungen und spektakulären Geschenken beim Kaiser Vertrauen zu schaffen und sich auf diese Weise die Erlaubnis für missionarische Tätigkeiten zu erwirken – mochte ja noch, so beschloss der Professore diesen ersten Teil seiner bis dahin eher erzählenden und deshalb, wenngleich interessanten, so doch recht «harmlosen» Vorlesung, «angehen, obwohl, obwohl, obwohl» – und jetzt begann sich allmählich die bis dahin gleichmütige Stimme von P. Remigio zu erheben – «auch hier schon einige Merkwürdigkeiten zu beobachten waren: Die Jesuiten nahmen alljährlich nicht nur eine mathematisch-astronomische Bestimmung des Kalenders vor, sie legten darin auch, wie in China üblich, die Glücks- und Unglückstage fest. Ja, für China war die Einrichtung des Kalenders und die Beachtung von dessen Glücks- und Unglückstagen ein Mittel der Kommunikation mit dem ‹Himmel› und anderen übermenschlichen Mächten. Wer kann also bezweifeln, dass die jesuitische Kalendermacherei bereits eine Mitwirkung an abergläubischen, heidnischen Praktiken war und somit zumindest ganz hart am Rande eines Verrats des christlichen Glaubens war?!» Dieser Vorwurf – so der Professor – wurde bereits damals sogar schon innerhalb des Jesuitenordens selbst erhoben. Gewiss, der Erfolg mochte dieser Missionsmethode Recht geben: Von 1650 bis 1664 stieg die Zahl der Christen von 100 auf 250 000. «Aber heiligt der Zweck die Mittel?»

Ab jetzt wurde die Stimme des Professors schärfer, das Tempo steigerte sich, eine Reihe von Studenten stießen einander an und lächelten sich zu: Jetzt würde es allmählich so richtig losgehen. Und in der Tat: Die Vorlesung kam nun auf das «zweite taktische Manöver» zu sprechen:

«Meine Damen und Herren. Viel schlimmer war, dass die Jesuiten sich nicht entblödeten, alle möglichen Vorgegebenheiten der heidnischen chinesischen Kultur zu übernehmen und synkretistisch in den christlichen Glauben ‹einzubauen›, zum Beispiel ...»

Bei diesem «unfreundlichen», aber für Pater Remigio sehr typischen Ausdruck «entblöden», schrie aus dem hinteren Teil der Aula jemand kräftig «Vergogna!» («Pfui!»), stand auf und verließ mit krachend zuschlagenden Türen den Raum. Kaum jemand sah sich um. Denn alle wussten, wer das war: der Cavalliere Bruno Deste, ein schon betagter Herr, der am sogenannten Seniorenstudium teilnahm. In dessen Rahmen belegte er Vorlesungen sowohl am franziskanischen Antonianum als auch an der von Jesuiten geleiteten Gregoriana, die er über alles schätzte. Deshalb vertrug er auch keine Kritik an den Jesuiten, und erst recht nicht in dieser Form. Alle kannten seinen regelmäßigen Protest, wenn am Antonianum Kritik an der Jesuitentheologie von Luis de Molina bis Karl Rahner geübt wurde – und das war nicht eben selten. Auch Professor Bertoloni ließ sich nicht stören. Er begann nur den Satz nochmals von vorn:

«Viel schlimmer war, dass die Jesuiten sich nicht entblödeten, alle möglichen Vorgegebenheiten der chinesischen Kultur zu übernehmen und in den christlichen Glauben ‹einzubauen›, zum Beispiel den Ahnenkult, bei dem schon Getaufte, also Christen, auch fernerhin die Rolle eines heidnischen Opferpriesters spielten; man führte magische Praktiken weiter sowie eine quasigöttliche Konfuziusverehrung. Konfuzius wurde darin in den Rang eines legitimen Propheten erhoben und nicht nur dessen Morallehre, sondern implizit auch dessen religiösen Vorstellungen mitübernommen. Ein Skandal! Und das ist nicht etwa nur meine Meinung! Selbst die Sorbonne in Paris, die führende Fakultät im Abendland, sah sich schon damals genötigt, sechs Grundthesen der Jesuiten in aller Form zurückzuweisen, darunter die erste These: ‹China hat schon 2000 Jahre vor Christus das Wissen um den wahren Gott besessen›, und die vierte These: ‹Man besaß eine unverfälschte – man höre und staune: unverfälschte!!! – Moral und Religion.› Man übersah völlig oder wollte übersehen, dass der in China verehrte ‹Himmel› kein Schöpfer war, der sich von den Geschöpfen radikal unterschied, sondern nur das dynamische Prinzip einer kosmischen Ordnung, die alles durchdrang. Kurz und gut: Man akzeptierte – so lautete schon 1645 die Anklage in Rom – den ‹chinesischen Götzendienst›. Sagen wir es noch deutlicher: Man verriet den christlichen Glauben zugunsten eines unbestimmten Synkretismus.

Sie sehen, meine Damen und Herren, das Wort ‹Ritenstreit› ist ein totaler Euphemismus, ein von den Jesuiten zu ihren Gunsten erfundener Begriff – eine Tarnkappe, ein ‹trojanisches Pferd› –, der das Ungeheuerliche, was dort geschah, ‹herunterspielen› wollte. Als ob es nur um ein paar harmlose ‹Riten› gegangen wäre! Es ging um das Herzstück des christlichen Glaubens! Annahme der chinesischen ‹Riten› hieß Anpassung des Glaubens, Verrat am Glauben, opportunistische Leisetreterei. Gott sei Dank ließ sich Rom, konkret: Papst Clemens XI. nicht bezirzen. Er verbot zu Recht dieses Vorgehen. Aber die Jesuiten ließen nicht locker.»

Sie veranlassten zum Beispiel, wie Pater Remigio ausführte, Kaiser Kangxi höchstpersönlich dazu, in einem offiziellen Schreiben an den Papst zu bestätigen, dass der Ahnen- und Konfuziuskult nur eine «zivile», keineswegs eine «religiöse» Angelegenheit sei. «Auch hier kann man nur sagen: Man höre und staune! Man ließ einen heidnischen Kaiser darüber befinden, was religiöse Sache sei oder eben nicht sei!» Als Rom dann – so der Professore – dennoch bei seinem Verbot blieb und dieses durch den Päpstlichen Legaten dem Kaiser mitteilen ließ, war dieser empört, er äußerte sich in einem seiner zahlreichen Briefe wörtlich so: «Wie kann der Papst über Dinge urteilen, die er nie gesehen und kennengelernt hat? Was mich betrifft, so würde ich mir nie anmaßen, Gebräuche in Europa beurteilen zu wollen, von denen ich nichts weiß.»

Voller Zorn verbot er die christliche Mission. Dennoch blieb Rom mannhaft: man hielt auch unter den Folgepäpsten Innozenz VIII. und Benedikt XIV. am Verbot des chinesischen Götzendienstes fest.

«Gewiss, meine Damen und Herren», und dabei nahm der Professore seine Stimme ganz zurück, «gewiss muss man bei all dem das Grundproblem, das sich hier stellt, ernst nehmen, nämlich: Kann der christliche Glaube sich von seinen europäischen Wurzeln lösen und anderen Kulturen anpassen? Aber» – und das Folgende wurde mit Pauken und Trompeten herausgeschmettert – «hier wurden Grenzen eindeutig und mutwillig überschritten. Denn was all dem schon Gesagten die Krone aufsetzte, war das Verschweigen des Kreuzes und des Kreuzestodes Christi seitens der damaligen Jesuitenmissionare. Verstehen Sie?! Das Kreuz Christi wurde einfach totgeschwiegen, es kam in der Glaubensverkündigung der Jesuiten nicht vor, es gab es nicht. Angeblich deshalb, weil man es der chinesischen Mentalität nicht zumuten könnte. Das Herzstück des christlichen Glaubens» – und diesen Satz schrie Pater Remigio mit metallischer Schärfe heraus – «wurde herausoperiert um eines oberflächlichen missionarischen Erfolges willen. Das, was Paulus am wichtigsten war – ‹Wir verkünden Christus als den Gekreuzigten!›, ja, er wollte ‹nichts anderes wissen als Jesus Christus, und zwar als den Gekreuzigten› –, das wurde auf dem Altar pastoraler Effizienz geopfert. Und natürlich wussten diese Jesuiten ganz genau, was sie taten. Das eigene schlechte Gewissen beruhigten sie, indem sie erklärten: Wenn ein Chinese einmal getauft sei oder wenn die Kirche in China eingepflanzt sei, werde man das Wort vom Kreuz und die Botschaft vom Gekreuzigten schon noch ‹nachliefern›.»

Pater Remigio sprach sich immer mehr in Rage:

«Als ob man das Herzstück des Glaubens ‹nachliefern› könnte, als ob man christliche Identität nachträglich herstellen könnte! Nein, was man unter Christentum damals ‹verkaufte›, war eine vage, natürliche Religiosität, mit der man sich zufriedengab, wenn sich nur die neu gewonnenen ‹Christen› (falls man sie überhaupt so nennen kann) nur der Macht des Papstes, gegenwärtig in der Macht der Jesuiten, unterwarfen.»

Der Guardian, Pater Gaetano, schüttelte unwillkürlich kaum merkbar den Kopf. Ob man das wirklich mit wissenschaftlicher Verantwortung so sagen konnte? Gingen dem guten Remigio nicht doch mal wieder die Pferde durch?

Aber schon fuhr er fort: «Meine Damen und Herren, angesichts dieser jesuitischen Machenschaften ist es eine Ehre für uns, zu den sogenannten Bettelorden zu gehören, seien wir nun Dominikaner oder Franziskaner. Denn beide Orden haben den Manövern der Jesuiten gegenüber entschieden Widerstand geleistet. *Wir* haben Christus als den Gekreuzigten verkündet, *wir* sind mit einem großen Kreuz in der Hand auf den Plätzen Pekings aufgetreten um zu zeigen, was Sache ist, *wir* haben, mit einer Unzahl von einfachen Holzkreuzen in der Hand, Prozessionen durch die Kaiserstadt abgehalten, um unübersehbar deutlich zu machen, worauf es im christlichen Glauben ankommt: auf Christus, den Gekreuzigten.

Und wie haben die Jesuiten reagiert? Sie haben – kurz gesagt – aufgeheult und in Europa das Gerücht verbreitet, wir machten ihnen ihre Mission kaputt. Schon würden die ersten ‹bekehrten› Mandarinen zu Apostaten, weil ihnen der christliche Glaube in dieser Form unerträglich sei. Schon rissen die kritischen Nachfragen nicht ab, wie sich nun wirklich die überkommene chinesische Kultur zum neuen Glauben verhalte. Wir haben nicht nachgegeben; um der Sache willen und weil auch wir unsere Missionserfolge hatten, Erfolge, die auf der reinen Botschaft des Evangeliums und nicht auf einem unerträglichen Mischmasch beruhten. Und deshalb: Dass das Christentum in China dann bis zur Mission des 19. Jahrhunderts fast völlig erlosch, war nicht unserer Missionsmethode zuzuschreiben und auch nicht dem ‹Riten›-Verbot durch Rom, sondern der brutalen Verfolgung seitens des Staates. Wir Bettelorden haben jedenfalls Christus den Gekreuzigten verkündet und keine undurchsichtigen, evangeliumswidrigen Missionsmethoden angewandt, die nur darauf hinausliefen, Menschen ‹aufzufressen›. Ja, ‹aufzufressen›! Ich sage es ganz bewusst. Wissen Sie, ein bekannter Jesuitenwitz hat schon einen wahren Kern, vielleicht kennen Sie ihn: Ein Franziskaner und ein Dominikaner, also beides Angehörige von Bettelorden, sowie ein Jesuit konnten sich beim Untergang ihres Schiffes schwimmend retten. Dann kamen Haie und fraßen die beiden Bettelordenmönche auf, nicht aber den Jesuiten. Gefragt, warum denn nicht auch den Jesuiten, war die Antwort: Respekt unter Kollegen!»

Tosendes Gelächter unter den Zuhörern.

Waren die letzten Worte noch in einem lauten, aufgeregten Ton gesprochen, so ging die Redeweise nun auf einmal in jenen unnatürlich leisen und sanften Klang über, der für jeden, der den Professore kannte, nur so etwas wie die Vorbereitung auf ein bald zu erwartendes Furioso sein konnte. Pater Remigio erzählte: «Vor zwei Jahren war ich wieder einmal in China und ließ bei dieser Gelegenheit an einem heiteren Frühlingsmorgen in Peking die großartige Weite des ‹Platzes des Himmlischen Friedens› auf mich wirken. Da kam eine Gruppe von deutschen Touristen unter der Führung einer chinesischen Reisebegleiterin daher. Aber außer ihr gab es auch noch so etwas wie ein Alpha-Tier der Gruppe, vermutlich irgend so ein Studienrat für Latein und Griechisch, der die anderen altklug über den ‹Riten›-Streit zu belehren suchte. Und der schloss seine Ausführungen mit den Worten: ‹Hätten damals die Bettelorden nicht derart impertinent missioniert und in Rom nicht das Verbot der jesuitischen Anpassung durchgebracht, wäre China heute ein christliches, ja katholisches Land. Und wir können uns unschwer vorstellen, dass damit die ganze Geschichte anders, besser für Weltfrieden und Gerechtigkeit, für Freiheit und Bürgerrechte, verlaufen wäre.›»

Kaum hatte der Professor dieses Zitat von sich gegeben, schoss es aus ihm fortissimo und vivacissimo heraus: «Ich bin es leid, dass so ein Unsinn, wie ich ihn damals nicht das erste Mal gehört habe, weiter vertreten wird; ich bin es leid, dass wir Bettelorden öffentlich diffamiert werden; ich bin es leid, Anpassung für den richtigen Weg zu halten, die Welt für das Evangelium zu gewinnen.»

Der Hörsaal war beeindruckt. Aber bevor man über das

Gesagte überhaupt nur nachdenken konnte, ging es in atemberaubendem Tempo weiter: Pater Remigio ging sogleich zu seinen berühmten Aktualisierungen über. Diesmal zum Thema Anpassung. Wie ein Pferd, das mit allen Vieren ausschlägt, setzte er zu einem Rundumschlag gegen die – wie er sagte – «pastorale Anpasserei» des Glaubens an. Da war die Rede von jungen Kaplänen, die mit ihren Jugendlichen die Eucharistie statt mit Brot und Wein mit Schinkenbroten und Coca-Cola feierten und am Rosenmontag den Schulgottesdienst in Karnevalsmasken begingen. Da ging es her gegen die historisch-kritische Forschung in der Exegese, die die biblisch berichteten Wunder nicht wahrhaben wollte. Da wurde eine aufgeklärte Liturgie, die den Sinn für das Mystische verloren habe, in Grund und Boden verdammt. Er polemisierte gegen den weit verbreiteten ökumenischen Einheitsbrei und alle «dialogistische Leisetreterei». Vor allem aber erregte er sich über die einseitige Glaubensverkündigung, die nur noch vom «lieben Gott», aber nicht mehr von Gott als «verzehrendem Feuer» zu sprechen riskierte, die den Menschen nur noch als Gegenüber der lieben, ach so lieben Zuwendung Gottes, aber nicht mehr dessen unbedingte Verantwortung vor Gott herauszustellen wagte.

«Und wo ist heute noch vom Kreuz die Rede?! Das fällt immer und auch heute als Erstes weg bei dieser Anpassung an den Geschmack der Zeit, an die Plausibilitäten der Gesellschaft und den Beifall der Menge. Aus dem Kreuz haben wir Schmuckstückchen gemacht, kostbare, die man zum Beispiel hier in Rom auf der Via dei Condotti für die Kleinigkeit von 50 000 Euro erstehen kann, und weniger kostbare, die man aus Langeweile als Emailarbeit in Volkshochschulkursen selbst produziert. So wurde und wird vergessen gemacht, dass das Kreuz eine brutale Wirklichkeit ist. Kreuz heißt Blutvergießen, Schmerzen aushalten, Leben hinschenken, hergeben – für andere. Dazu ist man Christ. Wo ist davon in Predigt und Unterricht überhaupt noch die Rede? Stattdessen Anpasserei, wohin man nur schaut!»

Pater Remigio wischte sich die Schweißtropfen ab, die mittlerweile kontinuierlich von seiner Stirn tropften. Und dann ging's gleich weiter: «Ich weiß, ich weiß, da redet man dann davon, man müsse die Menschen dort abholen, wo sie sind. Sprüche, Sprüche, nichts als Sprüche! Hat denn unser Herr Jesus damals die Menschen da abgeholt, wo sie waren? Nein, er hat sie durch Machtzeichen und überzeugende Rede an sich herangezogen. Und wer sich nicht ziehen ließ, der wurde freundlich, aber klar vor die Frage gestellt: ‹Wollt nicht auch ihr gehen?› Anpassung gab es bei ihm jedenfalls nicht. Und als Petrus ihm das Wort vom Kreuz ausreden wollte, bekam er die wohl schärfste Zurechtweisung zu hören, die in der ganzen Bibel stellt: ‹Weg mit dir, du Satan! Du denkst nicht, wie Gott denkt!› Mein Gott, wann merken wir endlich, dass wir von dieser Ideologie der Anpassung weg müssen, von dieser Ideologie, die im sogenannten Ritenstreit, diesem exemplarischen Leuchtfeuer für die ganze Kirchengeschichte, ihre große Stunde hatte und die seither immer neu beschworen wird. Nein! ‹Passt euch nicht dieser Welt an›, sagt der hl. Paulus als Quintessenz christlichen Verhaltens. Anpassung ist satanisch, ist Satanswerk! Und der Euphemismus ‹Ritenstreit› steht im Grunde für nichts anderes als für das Satanswerk der Anpassung!»

Man erwartete jetzt fast so etwas wie ein «Amen» oder wenigstens den Schluss der Vorlesung, da ohnehin die Zeit abgelaufen war. Aber nach einer kurzen Pause fügte der

Professor noch hinzu: «Im Übrigen – um auf den Ritenstreit zurückzukommen – gäbe es dazu noch viele hochinteressante Einzelheiten zu erforschen. Wer Interesse hat, darüber seine ‹Tesina› (= Lizenz- bzw. Diplomarbeit) zu schreiben, kann mal zu mir kommen. Es können ruhig auch mehrere Studenten sein. Ich hätte da eine Reihe von spannenden Perspektiven anzubieten.»

Die beiden Franziskanerscholastiker Frater Pierluigi und Frater Romano schauten sich überrascht, aber begeistert an. Sie hatten ohnehin vor, ihre Abschlussarbeit bei Professor Bertoloni im Fach Kirchengeschichte zu schreiben. Ihre Augen zeigten, was sie dachten: Wunderbar! Offenbar gab es da sogar Themen, die man gemeinsam bearbeiten konnte.

Der Professor fügte noch Wünsche für einen geruhsamen Sommer an, und der Hörsaal bedankte sich für die «gelungene Vorstellung» zum Ritenstreit mit nicht enden wollendem Beifall.

Kaum war dieser endlich verklungen, drängten schon die beiden Scholastiker nach vorn, um sich eine ganze Weile intensiv mit Pater Remigio zu unterhalten …

***

Es gibt kaum Schöneres in Rom als die Abende im Frühsommer, wenn die Sonne beginnt, hinter der Kuppel von St. Peter («er cupolone», wie es im römischen Dialekt heißt) unterzugehen, und eine sanfte Brise vom Meer und von den Albaner Bergen her die Hitze vertreibt. Glücklich, wer dann ein ruhiges Plätzchen hat im Garten, auf der Veranda, in einer ruhigen Gasse, jedenfalls draußen – zum Essen, Trinken, Plaudern, Zeitvertreib.

Vicequestore Dr. Teofrasto Bustamante, von seinen Freunden Bu-Bu, manchmal auch, um ihn zu ärgern, «Vice» genannt (seinen bombastischen Vornamen kannte kaum jemand), war heute Abend zu Gast im Vatikan. Als Verbindungsmann zwischen vatikanischer und italienischer Justiz hatte er ein eigenes, selbständiges Ufficio im «Palazzo della Giustizia» mit einer Reihe von ihm zugeordneten Angestellten und Beamten. «Vicequestore» war nur sein amtlicher Titel, der ihn vom «Questore», dem Polizeipräsidenten von Rom, mit dem er im Grunde nur wenig zu tun hatte, unterschied. Natürlich wurde er im offiziellen Umgang als Questore angeredet.

Rein äußerlich sah er eher wie der «gute Onkel vom Lande» aus, klein, gedrungen, gutmütig, wohlgenährt, ein wenig schmuddelig, Markenzeichen: Fliege, Glatze, Oberlippenbart, kurz: ausgezeichnet mit allen äußeren Merkmalen, die Vertrauen einflößen, die aber nicht unbedingt den Eindruck besonderer intellektueller Fähigkeiten vermitteln, es sei denn, man achtete auf seine Augen, die blitzschnell jede Situation wahrnahmen. Tatsächlich war Bustamante hochgescheit und mit der Fähigkeit ausgestattet, glänzend komplizierteste Rechtsprobleme zu analysieren und schwierigste Kriminalfälle zu lösen. Er lebte aus Gründen, die kaum jemand kannte, allein, und zwar auf der Via delle Botteghe oscure. Als promovierter Akademiker mit abgeschlossenem Theologie- und Jurastudium und einem schier grenzenlosen Allgemeinwissen war er gern gesehener Gast in den in Rom so zahlreichen politischen, kirchlichen und kulturellen «Konventikeln».

Noch lieber freilich ließ man sich von ihm in die ausgesuchtesten römischen Restaurants einladen, wo er für manche Köche ein ausgesprochener Ehrengast, für andere eine entsetzliche Schreckensperson war, da er sich weder mit den Angeboten auf den Speisekarten zufriedengab noch auch mit unerbittlichen Urteilen über die Qualität der Speisen und Weine sich im Geringsten zurückhielt. Er hätte ohne weiteres Chefkoster von Gault Millau sein können.

Was viele nicht verstanden, vielleicht nicht einmal er selbst so richtig: Trotz (oder gerade wegen?) seines Theologiestudiums und seiner ständigen Kontakte mit kirchlichen Stellen war er «bekennender Agnostiker», so die Selbstbezeichnung, wenn er nach seiner Konfession gefragt wurde.

Heute Abend also war er in den Vatikan eingeladen zu Msgr. Salvatore Morreni. Dieser Kirchenmann war gewissermaßen das vatikanische Gegenstück zum Vicequestore: er war der Verbindungsmann des Vatikans zur italienischen Justiz. Daneben hatte er noch die Arbeit verschiedener anderer vatikanischer Behörden zu koordinieren. Er war zwar kein Bischof, sondern nur «Monsignorino» – «Kleiner Monsignore» mit dem Titel eines Päpstlichen Protonotars; man hatte ihn, wie das bei seiner Position im Vatikan seit geraumer Zeit üblich ist, mit Gewalt zum Titularerzbischof eines seit dem Altertum untergegangen Bistums, dem von Luginiana im heutigen Tunesien, weihen wollen. Aber er hatte es mit noch größerer Gewalt abgelehnt. Denn was sollte das sein: ein Bischof ohne eine reale Diözese? «Das kommt mir», sagte er spitz, «so vor, wie wenn man heute noch einen General ernennt für eine Armee, die bereits unter Wallenstein völlig aufgerieben wurde. Nein, da spiele ich nicht mit! Ich will kein byzantinischer Hofbischof sein!»

Dennoch war und blieb er ein mächtiger, einflussreicher Mann, der manches in Bewegung setzen und manches auch verhindern konnte, und beides auch in guter Weise tat. Während Bustamante zu dessen Vorgänger, Msgr. Ugulaccio, äußerste Distanz gehalten hatte, bestand zum Nachfolger ein ausgesprochen freundschaftliches Verhältnis, das sich seit einigen Wochen auch in der noch gewöhnungsbedürftigen gegenseitigen Du-Anrede und in regelmäßigen gemeinsamen Schachpartien ausdrückte.

Anders als Msgr. Ugulaccio, der recht üppig außerhalb des Vatikans in einem Palazzo auf der Via delle mura Aureliane gewohnt hatte, war Morreni in den Vatikan umgezogen, wo gerade eine kleine, bescheidene, aber äußerst geschmackvolle Wohnung im obersten Stockwerk der Direktion des Vatikanischen Rundfunks frei wurde, ganz in der Nähe der Vatikanischen Gärten, am höchsten Punkt des kleinen Kirchenstaates. Und so saß man nun auf einer winzigen Terrasse mit herrlichem Ausblick über die päpstlichen Gartenanlagen hinweg auf Rom und spielte Schach. Dabei genoss man den Abend, die Kühle, die Stille (wenn auch im Hintergrund die Geräuschkulisse des römischen Verkehrs erhalten blieb) und nicht zuletzt den vortrefflichen Wein.

Bustamante und Morreni waren einigermaßen gleich gut im Schach, nur spielte der Prälat ein wenig risikoreicher und verlor darum auch häufiger. Aber im Prinzip hatte keiner einen wesentlichen Vorsprung. Bustamante war schon lange am Zug; er grübelte darüber nach, warum der Gegenspieler ihm seinen ungesicherten Turm auf b7 sozusagen als «Opfer» anbot. Dahinter musste doch eine Strategie stecken! Aber er konnte die Sache drehen und wenden, wie er wollte, er vermochte dahinter kein taktisches Manöver zu entdecken. Also doch nur ein Spielfehler? Schließlich schlug er den Turm mit seinem Springer. Der Prälat parierte sofort, aber wieder auf eine unsäglich verrückte Weise: Diesmal setzte er seinen zweiten Turm auf e6 dem feindlichen Schlag aus. «Was soll das?», murmelte Bu-Bu fast unhörbar vor sich hin, denn mehr als Murmeln duldeten beide beim Spielen nicht. Und so behielt er die folgende Bemerkung bei sich: «Du hast wohl zu viel getrunken, dass du mir als Reaktion so einen Mist anbietest!» Er überlegte nur ein paar kurze Augenblicke, viel zu kurz, um die Spielsituation wirklich zu analysieren, dann schlug er mit seinem zweiten Springer zu. Im gleichen Augenblick rief der Monsignore: «Matt in drei Zügen!»

Bustamante konnte es nicht fassen. Es war wirklich so. Da war er auf einen miesen oder sollte man sagen: hochintelligenten Trick hereingefallen. Das zweimalige Turmopfer des Gegners hatte ihn zur Unvorsichtigkeit veranlasst. Beim ersten Mal noch konnte er damit rechnen, dass die Preisgabe des Turms einen strategischen Grund besaß, hatte ihn aber nicht erkennen können. Dass der Spielpartner sich noch durch ein weiteres, auf den ersten Blick sinnloses «Opfer» den entscheidenden Spielvorteil sicherte, hatte er einfach nicht erwogen. So hatte er beim zweiten Turm nicht gründlich genug überlegt, sondern viel zu schnell zugeschlagen.

«Sehen Sie, äh, siehst du», sagte der Monsignore, «so ist das oft auch im Leben, man rechnet nicht damit, dass sich erst beim ‹fallimento›, beim Zusammenbruch, zeigt, dass die vorangegangenen ‹Siegeszüge› in Wirklichkeit Niederlagen waren!»

«Mein Gott», antwortete Bu-Bu, «hör mit deinen philosophischen Sprüchen auf; ich war ganz einfach zu blöd und habe vor dem Schlagen des zweiten Turms viel zu wenig nachgedacht!»

«Nein, nein, man kann am Schachspiel viel übers Leben lernen. Wie oft fallen wir auch da auf die erstbeste Möglichkeit herein, weil wir zu kurz denken, und erst wenn es ein ‹fallimento› gibt, sehen wir die Dinge in der richtigen Perspektive. Aber lassen wir das! Ich schlage vor, dass wir noch ein Fläschchen trinken, da ich ohnehin eine Sache mit dir besprechen wollte.»

Der Questore grunzte einvernehmlich.

«Ich weiß nicht», fuhr Morreni fort, «ob du gehört oder gelesen hast, dass zurzeit eine Delegation von katholischen Bischöfen der von Rom getrennten chinesischen Nationalkirche im Vatikan ist, um – natürlich mit Wissen, Einverständnis und wohl auch Anweisung der Regierung – über ein friedliches Übereinkommen zu verhandeln. Eine äußerst wichtige Sache, damit endlich dieser Bruch zwischen der – in unserer Sicht – legitim-katholischen Untergrundkirche und der illegitimen Staatskirche beseitigt wird! Nun sind wir von SISMI, dem im Ausland operierenden italienischen Geheimdienst, verständigt worden, dass sich ziemlich gleichzeitig mit der Abreise der Bischöfe eine kleine chinesische Handelsdelegation von drei Männern auf den Weg nach Rom gemacht hat. Aber – so der Geheimdienst – in Wirklichkeit sind das gar keine Handelsdelegierten, sondern Mitglieder der chinesischen Geheimen Staatspolizei, die vermutlich die Bischöfe überwachen sollen. Gestern sind die Verhandlungen im Vatikan zu Ende gegangen – ohne Erfolg, oder jedenfalls: ohne wirklichen Durchbruch. Dabei hat auch die vatikanische Verhandlungsdelegation eine sehr unrühmliche Rolle gespielt. Vermutlich wurde auf ein, zwei Mitglieder vonseiten Taiwans massiver Druck ausgeübt, die Verhandlungen scheitern zu lassen. Denn das ist natürlich klar: Bei einer Übereinkunft zwischen dem Vatikan und der Volksrepublik China müssen die diplomatischen Beziehungen zu Taiwan aufgegeben werden. Und dass Taiwan dem massiv entgegenarbeitet, wo der Vatikan der einzige europäische Staat ist, mit dem es noch Beziehungen unterhält, dürfte verständlich sein.

Wie auch immer: Heute haben sich die Bischöfe, die wohlabgeschirmt im Hospiz Santa Marta im Vatikan wohnen, Rom angeschaut und alle möglichen Institutionen besucht, und – wie kaum anders zu erwarten – war die ‹Handelsdelegation› immer hinter ihnen her. Wir haben sie deswegen unsererseits heimlich von ein paar Vatikanbeamten ‹in Zivil› begleiten lassen, da man ja nicht weiß, was da so alles passieren kann. Morgen steht nun das Gleiche an. Und nun meine Bitte: Wir sind mit dieser heimlichen ‹Begleitung› der Bischöfe und der ‹Handelsdelegation› einigermaßen überfordert. Wir haben nicht genug richtige Leute dafür. Könntet Ihr das morgen übernehmen, so ab halb neun?»

«Na klar! Gar keine Frage! Ich bin morgen gegen acht Uhr früh im Büro und werde dann Anweisungen geben. Wo sollen sich denn meine Leute einfinden?»

«Sagen wir, hinter der Porta di Sant'Anna. Sie sollten mit einem Auto kommen, da vermutlich auch die Bischöfe und dann ebenso ihre ‹Verfolger› so wie gestern ein Auto nehmen. An der Porta di Sant'Anna stehen immer ein paar Fahrzeuge von Leuten herum, die in den vatikanischen Geschäften, besonders im Supermarkt ‹Annona›, steuerfrei zu Dumpingpreisen einkaufen – von Teebutter über Zigaretten bis zu Alkoholika –, ohne dass sie deswegen vom italienischen Zoll belästigt würden. Das Recht hätte der ja dazu. Vielleicht weißt du, weshalb er das nicht tut. Vermutlich will man uns im Vatikan das lukrative Geschäft nicht verderben. Das Gleiche gilt übrigens auch von den Tankstellen, wo alle Welt sich zu Tiefstpreisen bedienen lässt. Aber lassen wir das! Zurück zu deinen Leuten! Die Männer könnten sich also zu diesen Geschäftsautos stellen. Ich sag den Schweizer Gardisten, die morgen Dienst tun, und auch der Vatikanpolizei Bescheid, und wenn dann das Auto der Bischöfe kommt, ein schwarzer A-Klasse-Mercedes mit dem Kennzeichen SV-533, könnt Ihr hinterherfahren. Der Wagen der ‹Handelsdelegation› war heute und wird vermutlich ja wohl auch morgen wieder ein blauer Leihwagen der Marke Alfa Romeo sein, ein 147er, Kennzeichen DC-254-AD. Lasst den dann vorfahren, dann habt ihr beide Wagen im Blick.»

«Okay, alles klar!» Der Questore hielt einen Augenblick inne und musste mit einem Mal schrecklich und ausführlich gähnen. Er schaute auf die Uhr. «Oje, ich sehe, es ist schon spät geworden. Ich mach mich jetzt auf den Weg, und zwar zu Fuß, damit der Alkohol schneller abgebaut wird und ich morgen fit bin. Salvatore, es war schön bei dir. Mach's gut bis zum nächsten Mal. Und sag mir bei Gelegenheit Bescheid, wie die Sache mit der ‹Handelsdelegation› ausgegangen ist.»

Der Monsignore begleitete Bustamante aus dem Vatikan hinaus. Nach einem Fußweg von einer guten halben Stunde sank der Questore in sein noch ungemachtes Bett in der festen Zuversicht, morgen bis wenigstens sieben Uhr schlafen zu können. Von wegen!

ZWEITES KAPITEL

Fragen, Fragen, lauter Fragen …

Gegen halb sechs wurde Bustamante durch hartnäckiges Läuten des Telefons jählings aus dem Schlaf gerissen. Wer könnte das sein?

«Pronto!»

«Pronto, hier Salvatore Morreni. Entschuldigen Sie bitte, äh entschuldige bitte tausendmal die frühe Störung. Aber es ist wahnsinnig wichtig. Eben hat man am ‹Archivum Romanum Societatis Jesu› – dem Römischen Archiv der Gesellschaft Jesu, kurz ARSI genannt – eine Tote gefunden, die offenbar aus dem Fenster gestürzt ist. Kein Mensch weiß, wie sie dahin gekommen ist. Zu allem Überfluss ist die Tote eine Archivarin des Vatikanischen Geheimarchivs. Es sind also zwei vatikanische Institutionen betroffen, weil das Generalat der Jesuiten ja bekanntlich exterritorial ist und zu uns, zum Vatikan, gehört. Die Jesuitenkurie hat uns eben angerufen. Sie haben gleichzeitig ebenso die italienische Kriminalpolizei verständigt. Und das ist auch in Ordnung. Denn Kapitaldelikte oder mögliche Kapitaldelikte übergeben wir ja ohnehin sofort der italienischen Justiz. Aber ich möchte dich dringend darum bitten, dass nicht die «Squadra omicidi», die Mordkommission der römischen Kriminalpolizei, sondern deine Abteilung den Fall übernimmt. Schließlich weiß man nicht, was da so alles dahinter steckt …»

«Va bene, ich komme sofort!»

Bustamante verständigte kurz die «Stallwachen» am Justiz- und am Innenministerium, damit von dort an die an sich zuständige römische Squadra omicidi die Information und Weisung weitergegeben würden, der Fall werde ab sofort von der Abteilung Bustamante übernommen. Als der Questore gegen sieben Uhr mit seinem engsten und längsten Mitarbeiter Commissario Luccio Rossi, bei den meisten nur unter seinem Vornamen Luccio bekannt, und seinem persönlichen Assistenten Marco Ronconi, die er beide sofort herbeitelefoniert hatte, an der Jesuitenkurie auf dem Borgo Santo Spirito, nahe dem Vatikanstaat ankam, war dort die römische Mordkommission samt ihrem Erkennungsdienst bereits seit knapp zwei Stunden tätig. Sie hatte jedoch schon vor ungefähr zehn Minuten die Nachricht von ihrer baldigen Ablösung erhalten.

Der Questore ließ sich kurz über die bisherigen Ermittlungen informieren: Einige Jesuitenpatres hatten gegen fünf Uhr in der Frühe vom Garten her, aus der Richtung des Archivs erst Hilfeschreie und dann ein schreckliches Stöhnen gehört. Als man hinauseilte, lag dort Pater Giulio Varanone, der Direktor des Archivs, auf dem Boden und wand sich vor Schmerzen. Man verständigte sofort den Rettungsdienst. Mittlerweile hatte man übrigens vom nahen Krankenhaus, dem Ospedale del Bambino Gesù, die Nachricht erhalten, dass Pater Giulio einen äußerst schlimmen Herzinfarkt erlitten habe und man noch nicht sagen könne, ob er den überhaupt überstehen werde.

Neben dem sich in Krämpfen windenden Archivdirektor fand man ca. zwei Meter entfernt die Leiche einer jungen Frau, die offenbar rücklings aus einem der offenen Fenster des Archivs gestürzt war. Der Anblick der Leiche, die am Hinterkopf äußerst stark geblutet hatte, musste wohl den Herzinfarkt des Paters ausgelöst haben. Die Tote lag jedoch nicht mehr unmittelbar unter dem Fenster, durch das sie hinausgestürzt war und unter dem eine große Blutlache noch die Stelle des Aufpralls kennzeichnete. Offenbar war die Frau nicht sogleich tot gewesen, sondern hatte noch versucht, sich zwei bis drei Meter weit in Richtung des Archiveingangs zu schleppen. Davon zeugte jedenfalls eine deutliche Blutspur. Dort war sie dann wohl endgültig zusammengebrochen.

Bustamante ließ sich sogleich zum Archiv führen, das in seinem Bestand auf die ersten Jahre der Gesellschaft Jesu, also auf das 16. Jahrhundert, zurückgeht und sich heute in einem neueren, recht geschmackvollen, leicht geschwungenen Bau befindet, der in einen früheren Teil des Gartens hineingesetzt wurde. Mit dem Hauptgebäude der Jesuitenkurie war der Archivtrakt durch einen überdachten Gang verbunden; man konnte ihn aber auch vom Garten aus erreichen. Die recht ansehnliche Gartenanlage der Curia Generalizia, der Kurie des Jesuitengenerals, begann an den hier ziemlich steil abfallenden Hängen des Gianicolo und wies auch selbst noch ein erhebliches Gefälle auf, so dass die beiden unteren Stockwerke des Archivs mit ihrem hinteren Teil größtenteils unter der Erde lagen und das oberste Stockwerk nur ca. zwei Meter über den davor liegenden Garten emporragte. Entsprechend lag auch das Fenster, aus dem die Archivarin gestürzt war, nur ungefähr zwei Meter über dem Boden. Insofern war es überraschend, dass der Sturz bei dieser geringen Höhe überhaupt zum Tode geführt hatte. Selbstmord war jedenfalls auszuschließen.

Denn für einen Selbstmord hätte man nur etwa fünfzig Meter weiterzugehen und auf den Gartentreppen den Gianicolo hinaufzusteigen brauchen. Dort, am Ende des Gartens, an den sich sogleich die Anlage der «Urbaniana», der Hochschule für die aus den Missionsländern nach Rom kommenden Seminaristen, anschloss, befand sich eine riesige Stützmauer, von der hinab ein Sturz sehr viel eher zum Tode geführt hätte.

Ob also der Tod der jungen Frau ein Unglücksfall war? Möglicherweise ja. Denn die stattlich hohen Fenster durchmaßen offenbar fast das ganze Stockwerk, das heißt sie reichten, soweit man das von außen beurteilen konnte, bis auf den Fußboden hinunter. Jedoch bestanden sie nicht aus einem einzigen Teil, vielmehr war das untere Drittel fest in einen Metallrahmen montiert, während die oberen zwei Drittel aus zwei Fensterflügeln bestanden, die sich nach innen öffnen ließen. Zwischen unterem und oberem Fensterteil gab es einen breiten Metallsteg. Wenn man sich nun bei geöffneten oberen Fensterflügeln auf diese Metallsprosse setzte – spekulierte Bustamante bei sich – und aus welchem Grund auch immer die Balance verlor, konnte man ohne weiteres rücklings hinunterstürzen. Aber dann blieb immer noch die Frage: Was machte die Frau überhaupt die Nacht über im Archiv? Wie kam sie dorthin? Denn laut ersten, noch sehr vorläufigen Angaben des Polizeiarztes war der Tod vermutlich kurz vor Mitternacht eingetreten. Zu einer Zeit also, als das Archiv wie auch die zentrale Pforte der Jesuitenkurie längst geschlossen hatten. Woher also kam die Frau?

Ihre Identität hatte man schnell aufklären können. Der kurz nach fünf auf Grund der allgemeinen Unruhe herbeigeeilte Stellvertreter des Archivdirektors Pater Pietro

Soccorsi erkannte sie auf den ersten Blick: es war Dottoressa Michaela Surlì, Archivarin am Vatikanischen Geheimarchiv, zuständig für den Bereich «Asien». Pater Soccorsi wusste auch, dass sie den Direktor, Pater Varanone, der zuvor am Institut Catholique in Paris Kirchengeschichte doziert hatte, noch von ihrem Studium der Geschichte, Religionswissenschaft und Sinologie an der Sorbonne in Paris her kannte. Gelegentlich, d. h. zwei, drei Mal im Jahr kam sie zum Archiv der Jesuiten, um Dokumente zu konsultieren oder sich bei Pater Varanone einen Rat zu holen. Aber wie und wieso die Dottoressa nachts in das ARSI gelangt war, war auch für Pater Soccorsi ein absolutes Rätsel.

Bustamante ließ sich die Leiche zeigen: er sah eine Frau von vermutlich gut dreißig Jahren, die noch äußerst attraktiv war, obwohl sie altersmäßig für mediterrane Verhältnisse bereits den Zenit unverbrauchter Schönheit überschritten hatte. Sie besaß ein ungemein zartes Gesicht, dem der Tod die freundlichen Züge gelassen hatte, obwohl den Questore an diesem Gesicht etwas «störte», ohne dass er hätte sagen können, was das war. Die riesige Blutlache, die sich um den Kopf gebildet hatte, allein war es jedenfalls nicht. Das fast schwarze Haar der Toten mit Pagenschnitt stand in scharfem Kontrast zur todesbleichen Haut. Die zierlichen Brüste, von einem sehr diskreten Blusenausschnitt nur leicht unterstrichen, harmonierten perfekt mit einem Körper, der von den Beinen bis zum Haupt schlank, sogar ein wenig überschlank, grazil und zerbrechlich wirkte und überdies außerordentlich geschmackvoll gekleidet war. Wenn auch ein wenig zu konservativ, dachte der Questore. Aber das hing wohl damit zusammen, dass die Tote ihren Arbeitsplatz im Vatikan gehabt hatte.

Bustamante gab die Leiche zur gerichtsmedizinischen Untersuchung frei. Dann wies er seinen Assistenten an, genau den Modus zu erkunden, wie man normalerweise in das Archiv kam, aber auch Möglichkeiten auszumachen, wie man eventuell auf andere Weise dorthin gelangen konnte. Er selbst machte sich zusammen mit Luccio auf den Weg, um das Archiv von innen anzusehen, und er bat Pater Soccorsi, ihn dorthin zu begleiten. Die zuerst am Tatort eingetroffene römische Kriminalpolizei hatte bereits die Außentüren der Jesuitenkurie untersucht und keinerlei Spuren von Gewaltanwendung gefunden. Mögliche Eindringlinge hatten also vermutlich über einen Schlüssel verfügt. Anders war es mit dem Archiv, das – so erfuhr Bustamante – nicht mit jenem Schlüssel geöffnet werden konnte, den jeder Gast, der in der Kurie übernachtete, automatisch erhielt. Die Archivtüren waren aber in der vergangenen Nacht vermutlich gar nicht abgeschlossen, sondern nur eingerastet gewesen, so dass man sie ohne Mühe mit leichtem Einbruchswerkzeug öffnen konnte. Der ganze Bereich des Archivs, angefangen von den Türen bis hin zum Arbeitssaal und zu dessen Fenstern, war von der zunächst eingetroffenen Kriminalpolizei schon sogleich auf Fingerabdrücke hin untersucht worden, die aber noch ausgewertet werden mussten. So ging Bu-Bu ohne langes Zögern sogleich in den «Empfangsraum» des Archivs weiter, wo fremde Besucher sich auszuweisen und in eine Anwesenheitsliste einzutragen hatten.

«Kann eigentlich jeder, der will, das Archiv benutzen?», fragte er den stellvertretenden Direktor.

«Nein, wer zum ersten Mal hierher kommt, muss sowohl einen Personalausweis vorlegen als auch die Empfehlung einer kirchlichen oder auch einer wissenschaftlichen Institution vorweisen. Das ist im Übrigen auch im Vatikanischen Geheimarchiv nicht anders. Dann erhält man einen persönlichen Benutzerausweis. Natürlich brauchte sich die Dottoressa, weil sie gut bekannt war, dieser Prozedur nicht zu unterziehen, genauso wenig wie Jesuiten-Mitbrüder, die hier regelmäßig arbeiten. Aber in die Anwesenheitsliste hat sich jeder Benutzer ohne Ausnahme ein- und wieder auszutragen, jeweils mit Angabe der Ankunfts- und Weggangszeit.»

«Na, schauen wir mal, was da in der Anwesenheitsliste von gestern steht», bemerkte der Questore.

«Ich sage Ihnen gleich: Gestern muss hier die Hölle los gewesen sein. Ich hatte zwar meinen freien Tag und keinen Dienst und habe es darum selbst nicht erlebt, aber beim Mittagessen sagte mir Pater Varanone, dass er solch einen Betrieb äußerst selten erlebt habe. Sie müssen wissen: Normalerweise arbeiten hier außer uns Archivaren und zwei Angestellten im Schnitt nur so ungefähr fünf bis acht Personen, manchmal auch gar niemand. Aber gestern war hier offenbar geradezu ein Auflauf. Das fing schon morgens um halb neun, als das Archiv gerade erst öffnete, mit dem Besuch von einigen chinesischen Bischöfen an, die ...»

«Oje!», rief Bu-Bu dazwischen. «Das hätte ich ja fast vergessen. Entschuldigung! Ich muss sofort mein Büro anrufen.»

Gott sei Dank war Rosalinda, seine absolut über-übergewichtige, aber ebenso absolut über-überzuverlässige Sekretärin – wie fast jeden Tag – schon vor ihrer offiziellen Arbeitszeit anwesend und nahm den Auftrag, die von Msgr. Morreni gewünschte Begleitung bzw. Überwachung der chinesischen Bischöfe und der ‹Handelsdelegation› zu organisieren, entgegen. Er wusste, das würde klappen; darum musste er sich jetzt nicht mehr kümmern.

Aber was war da gestern mit den chinesischen Bischöfen? Was wollten die denn hier?

Pater Soccorsi konnte präzise Auskunft geben, denn gleich am Morgen war er trotz seines freien Tages ganz kurz bei Pater Varanone in dessen Amtszimmer gewesen, als gerade die Bischöfe eintrafen, übrigens allein, ohne Dolmetscher.

«Sie fragten auf Englisch, ob es hier Unterlagen über den Anfang der kirchlichen Hierarchie in China gäbe. Schließlich seien diese Anfänge ja eng mit der Jesuitenmission verbunden gewesen. Und sie wollten gerne wissen, ob vielleicht päpstlicherseits irgendwelche Privilegien für die Kirche in China erteilt worden seien, auf die man gegebenenfalls heute zurückgreifen könnte. Das war aber unseres Wissens nicht der Fall, jedenfalls haben wir darüber keine Unterlagen. Und so zogen die Bischöfe, nachdem sie im Arbeitssaal noch ein wenig in den sogenannten ‹Findbüchern› herumgeblättert hatten, nach etwa fünf Minuten wieder ab. Sie bedankten sich überschwänglich, wollten aber nicht einmal einen Kaffee oder Tee annehmen.»

Das klang für den Questore plausibel. Denn schließlich war die bischöfliche Delegation ja nach Rom gekommen, um einen Spielraum von Autonomie für die Kirche in China auszuloten und gegebenenfalls auch einzufordern.

Bustamante sah sich die Anwesenheitsliste genauer an und begann dabei von hinten, aber weder am Abend noch am Morgen fand sich der Name einer Dottoressa Surlì. Pater Soccorsi konnte sich darauf genauso wenig einen Reim machen wie auf ihre nächtliche Anwesenheit im Archiv.

«Wir müssen halt warten, bis wir Pater Varanone befragen können.» «Hoffentlich haben wir dazu Gelegenheit!»

Der Questore sah dann die Liste im Einzelnen weiter durch. Am Morgen waren da außer den chinesischen Bischöfen (kenntlich am Namensvorsatz «Monsignore») noch drei andere Chinesen eingetragen. Offensichtlich handelte es sich um die «Begleitung» der Bischöfe, jene «Handelsdelegation», von der Msgr. Morreni gesprochen hatte. Dann folgte eine Reihe von europäischen Namen, die er Pater Soccorsi zeigte, damit dieser sie ihm erläuterte. Die beiden englisch-amerikanischen Namen, die ab 9.13 Uhr eingetragen waren, konnte Pater Soccorsi sofort identifizieren. Es waren zwei Mitbrüder, die sich schon seit über einem Monat in Rom für eine wissenschaftliche historische Arbeit aufhielten. Das Gleiche galt von zwei deutsch klingenden Namen (ein Deutscher und ein Österreicher), die ebenfalls schon längere Zeit das Archiv für ihre Doktorarbeit benutzten. Auch die nächsten drei italienischen Namen waren Soccorsi bekannt, ein Jesuit vom Institutum Historicum Societatis Jesu, dann noch zwei Historiker von der Ersten Römischen Universität. Darauf folgten ab 16.17 Uhr zwei Namen, die dem Pater nichts sagten: ein Frater Pierluigi OFM und Frater Romano OFM. Beide hatten sich bereits um 17.05 Uhr wieder ausgetragen. Dann kam jedoch wieder ein Name, der ihm nicht nur irgendwie, sondern sogar äußerst gut bekannt war: Pater Prof. Dr. Remigio Bertoloni OFM.

«Oje», rief Pater Soccorsi aus, «unser großer Widersacher! Er ist Kirchengeschichtsprofessor am Antonianum und schnüffelt immer mal wieder in unserem Archiv herum, um irgendetwas aus der Zeit des Ritenstreits gegen uns zu finden. Pater Varanone kennt ihn sehr gut noch von

Paris her, wo Bertoloni auch bei ihm Sinologie studiert hat.»

Merkwürdig war nur: Pater Bertoloni war zwar um 16.15 Uhr ein- und um 16.23 Uhr schon wieder ausgetragen, aber um 17.45 Uhr war er nochmals als Besucher notiert, ohne dass jedoch eine Austragung erfolgt war – wieso nicht? Dieser und den anderen offenen Fragen musste man unbedingt nachgehen. Bustamante legte die Anwesenheitsliste beiseite und bat den stellvertretenden Direktor, ihn nun weiter in den Arbeitssaal zu führen.

«Ach, ich habe schon ganz kurz einen Blick hineingeworfen, wollte dann aber nicht weiter hineingehen, um keine möglichen Spuren zu zerstören. Es sieht – soweit ich sehen konnte – ziemlich schlimm darin aus. Ach, ich hatte ja ganz vergessen Ihnen zu sagen, dass ins Archiv eingebrochen wurde.»

Pater Soccorsi öffnete die Tür, und tatsächlich war im Arbeitssaal eine Reihe von Regalen umgestoßen oder verrückt worden, überall lagen Bücher, Hefte und einzelne beschriebene Seiten herum, die offenbar aus irgendwelchen Sammelmappen und -kartons herausgefallen waren. Schränke waren mit Gewalt geöffnet und deren Inhalt – nicht nur Bücher und Skripten, sondern auch anderes Archivmaterial: Figurinen, liturgische Geräte und Bilder – überallhin verstreut worden. Schlimmer noch als im Arbeitssaal war aber offenbar das Chaos im Magazin, in das man durch eine offenstehende Tür hineinsehen konnte. Pater Soccorsi stieß einen Schreckensruf aus und lief wimmernd schnell durch einige dieser Magazinräume, bemerkte bei seiner Rückkehr aber: «Gott sei Dank ist es nicht überall so schrecklich. Nur die Räume mit Materialien aus dem 17. und frühen

18. Jahrhundert, und zwar aus dem fernöstlichen Bereich, sind total durchwühlt.»

Eines war also klar: Jemand hatte etwas Bestimmtes gesucht, und dieser Jemand war entweder die tote Archivarin, die daran durch jemand anderen gehindert wurde, sogar endgültig gehindert worden war, oder es war ein anderer, den die Archivarin am Durchstöbern des Archivs gehindert hatte und deshalb den Tod fand. Aber was von beidem traf zu? Und was war da gesucht worden? Und war man fündig geworden? Und immer wieder: Wie kam die Archivarin bei Nacht ins Archiv der Jesuiten?

Den spontan sich einstellenden Gedanken, die chinesische Bischofsdelegation habe nach alten Privilegien der chinesischen Kirche gesucht, verwarf Bustamante sofort. Denn erstens gab es ja zu diesem Thema angeblich keine Materialien, und zweitens hätte sich eine offizielle Delegation ein gewaltsames Eindringen gar nicht leisten können, und ein eventuelles Fündigwerden hätte auch zu nichts geführt, da sie dann ja später hätten erklären müssen, wie und wo man an die historischen Unterlagen gekommen wäre. Um was ging es aber dann?

Da die Spurensicherung der römischen Squadra omicidi im Archivsaal und im Magazin ihre Arbeit schon getan hatte, blieb Bustamante im Augenblick nur eines: Er bat Pater Soccorsi dringend darum, möglichst bald festzustellen, ob überhaupt etwas und was genau von den Archivmaterialien fehlte. Aber Soccorsi schüttelte nur den Kopf:

«Das wäre eine Arbeit, die wir vielleicht in ein, zwei Jahren abschließen könnten. Was meinen Sie eigentlich, was das hier für ein Archiv ist? Wir haben zigtausend registrierte Einzelposten, und die bestehen teilweise nochmals aus hundert verschiedenen Einzelstücken, -seiten, -heften. Nein, nein, das ist völlig unmöglich!»

«Versuchen Sie es trotzdem. Vielleicht handelt es sich ja auch um größere Teilbereiche, deren Fehlen ziemlich schnell auffällt.»

***

Der Questore gab seinem Assistenten, der ihm nichts Besonderes über zusätzliche Zugänge zum Archiv berichten konnte, die Anweisung, unverzüglich vom Foto des Personalausweises der Toten eine Kopie zu machen und damit die gestrigen Besucher des Archivs zu befragen, ob sie die Archivarin bemerkt hätten, wann sie gekommen, wann sie gegangen sei und was sie gegebenenfalls an Auffälligem wahrgenommen hätten.

Bevor er selbst mit Commissario Rossi zum Vatikanischen Geheimarchiv ging, tätigte er noch einige Anrufe. Zunächst einmal rief er seinen Mitarbeiter Steve Hopkins an, dem Namen nach angelsächsischer Herkunft, aber seit frühester Kindheit naturalisierter Italiener und bereits einige Jahren als Commissario an der «Dienststelle Bustamante» tätig. Da er ein Polyglotte war, wurde er hauptsächlich im Zusammenhang mit internationalen Angelegenheiten eingesetzt. Er solle erstens die Adresse von Michaela Surlì herausbringen, ihre Wohnung inspizieren, im Umfeld Recherchen anstellen und sich dann, wenn diese beendet seien, per Flugzeug auf den Weg nach Paris machen. Dort habe die Archivarin bis vor einigen Jahren an der Sorbonne studiert. Und es müsste darum gehen, ehemalige Mitstudenten, Bekannte usw. auszumachen.

Sodann rief Bustamante über sein Telefonino Msgr. Morreni an, um zu erfragen, wohin überall die «Bewacher» gestern den chinesischen Bischöfen gefolgt seien. Der Prälat wusste nur: Zuerst seien die Bischöfe nach dem Besuch des Gottesdienstes in St. Peter in das Vatikanische Archiv gegangen, und zwei Leute der «Handelsdelegation» seien ihnen dorthin gefolgt. Dann ging es weiter – unnötigerweise per Auto – in das nahegelegene Archiv der Jesuiten; immer zuerst die Bischöfe, dann im Abstand von ein bis zwei Minuten die «Begleitung». Nach dem Besuch des ARSI seien seine Leute weiter den Bischöfen gefolgt in der Erwartung, dass die anderen bald hinterherkämen. Das war aber nicht der Fall. Die Bischöfe ließen sich zum Archiv der «Congregatio de Propaganda fide» fahren, verweilten aber dort nur kurz, ohne dass die «Handelsdelegation» aufgetaucht wäre. Und das Gleiche galt für den Rest des Tages, den die Bischöfe mit Besuchen der römischen Hauptkirchen verbrachten.

«Das heißt aber», bemerkte Bustamante, «die chinesische Geheimpolizei war gar nicht immer, immer (!) hinter den Bischöfen her, wie du mir gestern gesagt und gerade eben wiederholt hast. Das war nur zweimal am Anfang des Tages so.»

«Ja», sagte Morreni etwas kleinlaut, «aber vielleicht *wollten* sie an den Bischöfen dranbleiben, haben sie aber verloren.»

«Na, schauen wir mal zu, was heute passiert. Meine Leute werden mir dann ja sagen, was heute Sache ist.»

Beim letzten Wortwechsel war Bustamante schon mit Luccio zu seinem Wagen gegangen, um sogleich zum Geheimarchiv in den Vatikanstaat zu fahren.

Dieses Vatikanische Archiv, nicht zu verwechseln mit dem Archiv der Glaubenskongregation, das erst vor einigen Jahren zugänglich gemacht wurde, ist zwar laut seinem Namen «geheim», aber nicht im Sinne von «Geheimnistuerei», sondern von «nicht öffentlich zugänglich». Und auch das trifft heute nicht mehr zu. Das Archiv wurde 1880/81 von Papst Leo XIII. für Geschichtsforscher aller Länder und Konfessionen zugänglich gemacht und ist eines der größten der Welt: Es umfasst ca. 85 Regalkilometer Akten. Allein die (unvollständig) inventarisierten Bestände zählen 35 000 zum Teil riesige Bände. Das Archiv hatte – wie Bustamante wusste – eine lange, wechselhafte Geschichte hinter sich. Schon vom Anfang einer päpstlichen Verwaltung an bewahrte man Archivalien auf, doch erst unter Paul V. wurden zwischen 1611 und 1614 die verschiedensten Dokumentensammlungen in ein Zentralarchiv zusammengefasst. Der größte Einschnitt dieses Geheimarchivs bedeutete das Jahr 1810, in dem es von Napoleon nach Paris in das Palais Soubise transferiert wurde. Zwar kehrte es nach der Niederlage Napoleons zwischen 1815 und 1817 wieder nach Rom zurück, jedoch mit erheblichen Verlusten. Viele einzigartige Dokumente gingen verloren oder wurden bewusst entwendet.

An der Spitze des Archivs stand schon seit einigen Jahrhunderten ein Kurienkardinal mit dem Titel eines «Archivista di S.R.C. (= Santa Romana Curia)» – «Archivar der Heiligen Römischen Kurie». In hierarchisch absteigender Folge kamen dann ein Präfekt und ein Vizepräfekt. Die eigentliche, alltägliche Arbeit wurde jedoch von einem Segretario Generale geleitet, den Bustamante aufzusuchen gedachte.

Nachdem das Auto die Porta di Sant'Anna passiert hatte, ließen Commissario Rossi und der Questore es am Straßenrand stehen und gingen zu Fuß in den Cortile Belvedere weiter. Von dort aus betraten sie das Erdgeschoss des Archivs, in dem sich die Verwaltung befand. Hier machte sich der Questore beim Pförtner des Gesamtkomplexes «Archiv» als Erstes über den Modus des Zutritts und der Benutzung kundig. Wie bei den Jesuiten musste man zunächst im Sekretariat beim «Amministratore» ein Personaldokument sowie eine Empfehlung vorlegen und erhielt dann eine «tessera di permesso», einen Benutzerausweis. Mit diesem Ausweis ging man zur kontrollierten Rezeption der öffentlich zugänglichen Arbeitsräume des Archivs. Hier hatte man die Tessera vorzuweisen; sie wurde einbehalten, und die Zugangszeit vom kontrollierenden Pförtner – also anders als bei den Jesuiten, wo die Besucher sich selbst einzutragen hatten – vermerkt; er notierte dann später auch die Weggangszeit. Zugleich erhielt man einen Schlüssel für das Gepäckfach, in das man alle Taschen, weiten Kleidungsstücke und dergleichen hineinzulegen hatte. Dann erst konnte man hinauf in die erste Etage gehen und den riesigen Arbeitssaal betreten, hatte aber noch zuvor an der Eingangstür zur abermaligen Bestätigung eines ordnungsgemäßen Zugangs den Schlüssel des Gepäckfachs vorzulegen und sich dann selbst noch einmal mit Angabe der Uhrzeit sowie der Nummer des benutzten Arbeitstisches in eine Liste einzutragen.

Nach diesen Informationen ließ der Questore sich beim Generalsekretär anmelden. Weil dieser aber für kurze Zeit abwesend war, ging er zusammen mit Commissario Rossi in den ersten Stock hinauf, zeigte der Kontrolle seinen Polizeiausweis und ließ sich vom Pförtner die Liste mit den gestrigen Besuchern reichen. Ungefähr achtzig Besucher hatten das Archiv benutzt. «Eine durchschnittliche Zahl», sagte der Angestellte. Da standen in der Frühe gleich die Namen der chinesischen Bischöfe (wiederum kenntlich am Titel «Monsignore»), es folgten unmittelbar danach zwei andere chinesische Namen, offenbar die der «Handelsdelegation». Dann kam eine unüberschaubare Menge von Namen unterschiedlichster Herkunft.

Bustamante ging sie schnell quer durch und hatte sogar sofort Glück: Sein Blick blieb an zwei Namen haften, die ihm heute schon einmal begegnet waren: Frater Pierluigi OFM und Frater Romano OFM. Sieh mal an! Eingetroffen waren sie um 10.25 Uhr und um 10.37 Uhr wieder gegangen. Bustamante schaute weiter, und siehe: Um 15.03 Uhr waren die beiden schon wieder da, und zwar auch diesmal nur kurz: bis 15.09 Uhr. Und dann wieder ein Volltreffer: Um 15.32 Uhr war nochmals ein bekannter Name verzeichnet: Prof. P. Remigio Bertoloni OFM, der gleichfalls nur sehr kurz anwesend war, bis 15.35 Uhr. So viele Parallelbesucher des Vatikanischen Geheimarchivs und des ARSI konnten doch unmöglich ein Zufall sein!

Mittlerweile war während der Durchsicht der Liste auch der Verwalter Sig. Mario Rossano eingetroffen. Bustamante fragte ihn sogleich, aus welchen Gründen die chinesischen Bischöfe eine Tessera beantragt hatten. Die Antwort überraschte den Questore nicht: «Sie wollten wissen, ob es im Archiv irgendwelche Unterlagen über den Anfang der kirchlichen Hierarchie in China gäbe. Vor allem würde sie interessieren, ob damals von Rom, genauer: vom Papst, der Kirche in China irgendwelche Privilegien für eine größere Autonomie erteilt worden seien.»

«Und was wollten die beiden Chinesen, die kurz darauf hier eintrafen?»

«Das habe ich – offen gestanden – nicht ganz genau begriffen. Sie legten eine Empfehlung der Akademie der Wissenschaften von Peking vor, die ihnen bescheinigte, dass sie an einer größeren historischen Arbeit zur Geschichte Chinas unter Kaiser Kangxi beschäftigt seien und hierzu einige Materialien anschauen möchten.»

«Halten Sie es für möglich, dass diese zwei Leute nur da waren, um die chinesischen Bischöfen zu überwachen?»

«Möglich könnte das natürlich sein. Aber ...» Er zuckte mit den Achseln.

«Wir können ja mal bei den Angestellten im Arbeitssaal nachfragen.»

Sie schritten durch die Kontrolle des Eingangsbereichs, und es öffnete sich ihnen ein riesiger Saal mit einer Unzahl von Tischen und daran etwa achtzig bis hundert Arbeitsplätzen. An den Wänden standen Regale, in denen neben Lexika und anderen Nachschlagewerken Hunderte, wenn nicht Tausende von sogenannten «Repertorii» – «Findbüchern» – standen, mittels derer man sich erst zu den ungeheuer umfangreichen Materialien des Vatikanischen Geheimarchivs Überblick und Zugang verschaffen konnte. Und weil es eine so unüberschaubare Menge von «Findbüchern» gab, gab es auch, so erklärte man dem Questore, ein «Findbuch für Findbücher».

An der schmaleren Stirnseite des Arbeitssaals befand sich der sogenannte «bancone», ein langer Schaltertisch, hinter dem eine Reihe von «magazzinieri» saßen. Diese holten die gewünschten, freilich erst am Folgetag zur Verfügung stehenden Materialien aus dem Magazin und gaben sie den Benutzern heraus. Als Bustamante dies erfuhr, begriff er auch, warum einige der Besucher – unter ihnen auch die von ihm namentlich bekannten – nur kurze Zeit im Archiv waren. Offensichtlich hatten die nur einige Unterlagen für den folgenden Tag bestellt. Die Magazzinieri waren aber nicht nur «Transporteure» für die gewünschten Archivalien. Ihre eigentlichen, sehr hierarchisch geordneten Amtsbezeichnungen lauteten ohnehin anders: Adetto di Archivio di prima classe, di seconda classe, Applicato di Archivio di prima resp. seconda classe, Assistente del Adetto usw. usf. Es waren zum Teil hervorragende Fachleute für jeweils bestimmte Bereiche. Man konnte sich bei ihnen auch beraten lassen, ob, wo, was und auf welche Weise man etwas finden konnte; sie stellten auch gegebenenfalls Kopien der teils sehr empfindlichen Archivalien her, was den «normalen» Benutzern des Archivs untersagt war.

Bustamante fragte, wer denn gestern die chinesischen Bischöfe beraten bzw. ihre Anfragen beantwortet habe. Der Angestellte war schnell ausgemacht, Claudio Baccone, ein sehr sympathischer junger Mann, vermutlich, soweit man dies aus den pechschwarzen Haaren und seinen Gesichtszügen, die so etwas wie einen levantinischen Einfluss zeigten, schließen durfte, Süditaliener. Er berichtete: Auf die Frage nach möglichen «Privilegien» der chinesischen Kirche habe er den Bischöfen erst einmal erklären müssen, dass Privilegien, also päpstlicherseits zugestandene Sonderrechte und Sonderregelungen, damals völlig anders erteilt und gehandhabt wurden, als dies seit dem Codex Juris Canonici, dem Kirchlichen Gesetzbuch von 1917, geregelt ist.

«Damals ließen», so habe ich der bischöflichen Delegation erklärt, «die Päpste die ‹Wonne› von Privilegien», und bei diesen Worten breitete er seine Arme aus und strahlte über das ganze Gesicht, «auf die meist persönlich angereisten Bittsteller in großzügiger Fülle nur so herabströmen, so dass die päpstlichen Schreiber mit dem Protokollieren oft kaum nachkamen. Das Ganze wurde auch nicht sonderlich ernst genommen. Denn manche dieser Privilegien wurden schon ein paar Tage darauf faktisch dadurch zurückgenommen, dass ein anderer Bittsteller ein gegenteiliges Privileg erbat oder sich ein Privileg zusprechen ließ, das die Realisierung des ersten unmöglich machte. Viele, wenn nicht die meisten der Privilegien wurden ohnehin einige Zeit später zurückgenommen. All das war mehr ein Spiel von Macht und Gnade, von Unterwürfigkeit und mancherlei Intrigen!»

Bustamante hörte fasziniert zu. Da hatte dieser junge Magazziniere den Bischöfen doch recht anschaulich klargemacht, dass es nicht, wie diese fälschlicherweise angenommen hatten, irgendwelche schriftlichen Sammlungen von päpstlichen Privilegien gab, in die man heute im Vatikanischen Archiv Einsicht nehmen konnte. Es gab kein «Findbuch» für päpstliche Privilegien der damaligen Zeit. Wenn überhaupt, wurden erteilte Privilegien nur mehr oder minder zufällig und beiläufig in anderen Zusammenhängen erwähnt.

Der Magazziniere fuhr fort: «‹Aber warum›, so habe ich die Bischöfe dann etwas vorwitzig gefragt, ‹brauchen Sie denn solche historischen Nachforschungen für Ihre heutigen Fragen nach einer größeren Unabhängigkeit von Rom und nach mehr regionalkirchlicher Autonomie? Denn wenn ich die Berichte unserer Zeitungen recht verstanden habe, muss es darum ja wohl bei Ihren Verhandlungen hier gegangen sein. Schauen Sie: Am Anfang haben die jungen

Kirchen in Asien und Südamerika auch ohne besondere Privilegien mehr oder minder das gemacht, was sie wollten, oder besser: was ihnen selbst richtig erschien. Anders war es auch gar nicht möglich in Anbetracht der Entfernungen und der damit gegebenen monatelangen Kommunikationswege. Die ganze Zentralisierung in der katholischen Kirche ist ja ohnehin nicht einfach nur Resultat einer Ideologie – ich meine des päpstlichen Jurisdiktionsprimats usw. –, sondern auch der gewandelten Kommunikationsmöglichkeiten.›»

Darüber hätten sie sich dann noch eine Weile unterhalten. Er habe den Eindruck gehabt, dass die sehr freundlichen Bischöfe sich gern über dieses Thema mit ihm austauschten. In dem Zusammenhang habe er den Bischöfen dann ein Beispiel aus seiner Doktorarbeit über kirchliche Strukturen im 4. und 5. Jahrhundert angeführt. Damals verlangte Rom von der bis dahin relativ selbständigen Kirche in Illyrien, dass man den Papst als Appellationsinstanz anerkenne, das heißt dass jeder, der mit Beschlüssen oder Entscheidungen seiner eigenen Kirche nicht einverstanden war, in Rom Berufung einlegen konnte. Die illyrischen Bischöfe waren mit dieser Forderung überhaupt nicht einverstanden. Dann aber meinte einer von ihnen, das Ganze sei doch ein völlig irreales Problem. Wenn da etwa ein Pfarrer «ad transmarina», an das «überseeische» Rom appellieren wolle, brauche die Eingabe drei bis sechs Monate hin, die Antwort drei bis sechs Monate zurück, dazu käme noch die Entscheidungszeit in Rom. Unter einem Jahr sei da nichts zu machen, und in dieser Zeit sei die Sache schon «gegessen». Also: Man gestehe doch Rom, wenn es unbedingt wolle, dieses Recht zu; es ändere sich dadurch im Grunde ja doch nichts. Und so geschah es dann auch. Aber man konnte damals eben nicht ahnen, dass es einmal Telefon, Fax und Internet geben würde. Und unter diesen Bedingungen sieht die Anerkennung Roms als Berufungsinstanz für alle möglichen regionalkirchlichen Entscheidungen doch erheblich anders aus und müsste nach seiner Meinung möglichst bald revidiert werden.

«Ich habe also den Bischöfen gesagt: ‹Ich bin zwar nur ein kleiner Laie, aber ich meine: Sie sollten und könnten mit der römischen Zentrale Frieden schließen, auch ohne ein förmliches Privileg für eine größere Autonomie Ihrer Kirche zu erhalten. Sie sollten diese einfach per modum facti realisieren.› Freilich müsse man dann aufpassen, dass die relative Autonomie gegenüber der römischen Zentrale nicht zur Unfreiheit und größeren Abhängigkeit vom Staat und zu mehr staatlichen Eingriffen führe.»

«Und was haben die Bischöfe geantwortet?»

«Ich glaube, sie fanden meine Meinung gar nicht so schlecht.»

Bustamante war im Stillen der gleichen Meinung, sagte aber nichts dazu, sondern wandte sich gleich einem neuen Thema zu:

«Was haben denn die zwei Chinesen gewollt, die unmittelbar nach den Bischöfen kamen?»

«Weiß ich nicht. Ich war noch mit den Bischöfen beschäftigt. Und deshalb rief man die Dottoressa Surlì herbei, die an sich keine Magazziniera, sondern Archivista ist, die aber gelegentlich bei uns aushilft. Ich habe nur einige Gesprächsfetzen gehört. Ich glaube, es ging um Fragen aus der gleichen Zeit, wie sie auch die Bischöfe beschäftigte.»

Bustamante wiederholte nochmals die Frage, die er schon dem Administrator gestellt hatte: «Halten Sie es für möglich, dass diese beiden Leute nur gekommen waren, um die chinesischen Bischöfen zu überwachen?»

«Möglich ist das sicher! Sehr gut möglich sogar! Denn jetzt erinnere ich mich: Einer dieser Chinesen hat immer sehr intensiv zu uns herübergelauscht; vermutlich interessierte ihn, was wir da verhandelt haben. Aber man müsste die Dottoressa fragen!»

«Wenn das bloß noch so leicht möglich wäre!», antwortete Bustamante nicht ohne Sarkasmus. Dann wandte er sich um, denn mittlerweile war der Generalsekretär, Cavalliere Dr. Luigi Dotolo, bei ihnen eingetroffen. Er hatte von der Anwesenheit der Polizei gehört, ebenso vom Tod der Archivarin, und war noch ganz außer sich. Nach der Begrüßung sprudelte es nur so aus ihm heraus:

«Ja, ich sage es Ihnen gleich: es gab gestern einen Streit, oder sagen wir besser: eine kleine Auseinandersetzung zwischen uns. Und danach ist sie sofort zu den Jesuiten gegangen.»

«Erzählen Sie bitte genau alle Einzelheiten!»

«Dann gehen wir aber in mein Büro.»

Es war eine längere Geschichte, die jetzt folgte. Nur wenige Male, wenn ihm Details nicht ganz klar wurden, unterbrach Bustamante den Bericht des Cavalliere:

Am Vortag waren kurz vor Mittag zwei Franziskanerscholastiker ins Sekretariat gekommen, hatten sich eine Tessera ausstellen lassen und dann im Arbeitssaal um Einsicht in eine Archivalie mit einer bestimmten Nummer, die sie bereits bei sich hatten, gebeten. Der zuständige Magazziniere konnte mit der Angabe nichts anfangen und rief Frau Surlì zur Hilfe. Diese gab den beiden Scholastikern nach nur kurzer Prüfung die Antwort, eine solche Nummer und ein entsprechendes Dokument existierten nicht. Die beiden beharrten aber darauf, dass es sich hier um ein wichtiges Dokument aus dem 17. Jahrhundert handele, um einen weiteren Brief des Kaisers Kangxi an Papst Clemens XI., den sie einsehen möchten. Ihr Professor habe ihnen diese Nummer angezeigt und sogleich prophezeit, man werde sie vermutlich abwimmeln, sie sollten aber standhaft bleiben und sagen: Diese Nummer existiert, und sie brauchten sie dringend für eine wissenschaftliche Arbeit. Frau Surlì muss aber darauf beharrt haben, es gäbe so etwas nicht. Die beiden zogen dann ab, kehrten jedoch am frühen Nachmittag wieder zurück; sie ließen abermals die Dottoressa rufen und beharrten auf der Richtigkeit der Angabe und auf ihrem Wunsch, das Dokument einzusehen. Als die Archivarin sie wiederum abwies, waren die beiden zu ihm, dem Generalsekretär als zuständigem Vorgesetzten von Frau Surlì, gekommen und hatten sich über sie beschwert. Sie erzählten, was bisher vorgefallen war, und baten dringend um Klärung.

«Ich habe dann selbst», so Dr. Dotolo wörtlich, «im Computer die von den beiden Franziskanern vorgelegte Angabe überprüft und fand dort Merkwürdiges: Es gibt unter dieser Nummer tatsächlich einen Brief von Kaiser Kangxi an Papst Clemens XI. Dieser Brief wurde aber erst vor sechs Jahren in Paris bei einem Antiquitätenhändler gekauft. Stellen Sie sich das vor! Gekauft! Und zwar für immerhin 5000 US-Dollar. So etwas ist absolut ungewöhnlich, absolut ungewöhnlich! Ein Archiv ist kein Museum, das Bestände kauft oder gelegentlich auch verkauft. Nun bin ich erst seit vier Jahren hier am Vatikanischen Geheimarchiv; die ganze Sache ist unter meinem Vorgänger gelaufen, und der ist mittlerweile gestorben.

Offenbar empfand auch mein Vorgänger die Sache für so ungewöhnlich, dass er – was gleichfalls aus dem Rahmen fällt – hinter die Dokumentenangabe im Computer den Kommentar geschrieben hat: ‹Gehörte einmal zum Archiv, ging beim Transfer des Archivs nach Paris verloren, wurde wegen der eminenten Bedeutung mit Einwilligung di S. Em. (= Sua Eminenza), l'Archivista della SRC für 5000 US-Dollar zurückgekauft.›

Ich bat die beiden Franziskanerscholastiker, draußen zu warten, ließ sofort Frau Surlì kommen und ersuchte sie um Klärung dieses Vorgangs. Denn natürlich hatte auch sie diesen Computereintrag gelesen, bevor sie den Franziskanern mitteilte, die Archivalie gebe es gar nicht. Sie war bestürzt und verwirrt und stotterte nur so herum. Schließlich bekam ich heraus: Sie selbst habe den Kauf dieses Dokuments nicht mehr miterlebt, da sie erst seit sechs Jahren hier sei. Aber vor ca. zwei Jahren habe schon ein anderer Einsicht in dieses nehmen wollen, und sie habe sich damals schon gewundert, woher der Betreffende überhaupt davon wusste, denn in ein ‹Findbuch› sei das Dokument bisher nicht eingetragen. Und schon damals habe sie das Dokument nicht finden können, es sei einfach verschwunden. Es gebe zwar einen Brief von Kaiser Kangxi an den Papst über den zivilen Charakter der sogenannten chinesischen Riten, und dieser Brief sei bekannt und auch publiziert, aber über diesen neuen Brief wisse sie nichts, ebenso wenig von dessen Inhalt.

Ich habe ihr dann die Hölle heiß gemacht und gesagt: ‹Man kann nicht ein Dokument für 5000 US-Dollar kaufen, noch dazu ein wichtiges Dokument, und dann ist es einfach verschwunden. Ich bestehe darauf, dass es gesucht wird, und wenn man dafür das ganze Archiv auf den Kopf stellen muss. Ich bleibe hier ganz hartnäckig!› Ich gebe zu: Ich war sehr erregt und zornig und bin ziemlich laut geworden.»

«Und wie reagierte die Dottoressa?»

«Na ja, sie zitterte am ganzen Leib und weinte bitterlich. Ihre Reaktion kam mir übertrieben vor. Ich habe ihr auch nicht geglaubt, dass sie nichts von dieser Archivalie wusste. Denn ich habe sogleich im Computer nachgeschaut und gefunden, dass ihre Anstellung zwei Monate nach dem Kauf und der Rückstellung des Dokumentes in unser Archiv erfolgt war. Was ich ihr auch vorhielt.»

«Und sie blieb bei ihrer Aussage?»

«Im Prinzip ja, aber sie sagte dann, es sei völlig abwegig, das Dokument in diesem riesigen Archiv zu suchen. Auch ein Einstellungsfehler sei auszuschließen; sie habe damals schon alle Mappen und Ordner, die sich in der Umgebung des ordnungsgemäßen Platzes befanden, abgesucht und nichts gefunden. Aber vielleicht sei der Brief ja ins Archiv der Jesuiten geraten. ‹Sie wissen doch›, sagte sie mir, ‹gelegentlich leihen wir mit Zustimmung des Präfekten einige Dokumente, die dort gerade dringend benötigt werden, gegen Quittung aus. Vielleicht ist da mal was gelaufen, was nicht verzeichnet wurde!› Ich sagte ihr, immer noch zornig, dann solle sie gefälligst sofort zu den Jesuiten gehen und Nachforschungen anstellen. Und das hat sie dann auch getan. Sie hat ziemlich bald nach dieser Szene das Haus verlassen. Von dem, was dann weiter passiert ist, weiß ich nichts.»

Bustamante atmete innerlich ein wenig auf. Jetzt war wenigstens mal geklärt, warum die Archivarin gestern überhaupt im Archiv der Jesuiten war. Aber weshalb noch so spät? Hatte sie vielleicht zusammen mit Pater Varanone das Archiv abgesucht, ja geradezu auf den Kopf gestellt? Und war sie dabei aus dem Fenster gestürzt? Also doch nur ein Unglücksfall? Aber irgendwie passte das alles nicht zusammen. Archivare haben ein sensibles, geradezu erotisches Verhältnis zu alten Dokumenten. Da würden sie niemals ein solches Chaos, wie es derzeit im Archivum Romanum Societatis Jesu herrschte, anrichten.

«Was haben Sie eigentlich anschließend», fragte Bustamante den Cavalliere, «den beiden Franziskanern gesagt?»

«Dass wir nach dem gewünschten Dokument suchen und zwar zunächst im Archiv der Jesuiten. Sie sind dann vielleicht selbst dorthin gegangen, um sich nach dem Erfolg der Suche zu erkundigen. – Ich muss aber noch etwas hinzufügen: Der Pförtner sagte mir, dass ein wenig später noch Professor Remigio Bertoloni vorbeikam und nach Frau Surlì gefragt hat. Wir kennen ihn gut, er hat eine Tessera und arbeitet öfter hier bei uns. Aber weil der Pförtner die Archivarin telefonisch nicht erreichen konnte, fragte er bei mir nach, wo sie sei. Und ich antwortete wahrheitsgemäß: im Archiv der Gesellschaft Jesu!»

Dann wären damit all diese Besuche im ARSI geklärt, dachte der Questore bei sich. Offen war nur noch, warum Professor Bertoloni abends nochmals in der Anwesenheitsliste des Jesuiten-Archivs vermerkt war, aber ohne sich ausgetragen zu haben, und warum die Dottoressa in dieser Liste gar nicht eingetragen war. Und natürlich blieben die Fragen, was da genau in der Nacht geschehen war und wieso und wie es überhaupt zum nächtlichen Aufenthalt im Archiv kam.

«Eine letzte Frage noch, Cavalliere: Was für eine Frau

war die Archivarin? Hatte sie Probleme, Feinde, gab es etwas Auffälliges?»

«Nein, sie war eine hervorragende Wissenschaftlerin und eine äußerst angenehme Mitarbeiterin, die alle mochten, alle, wirklich alle. Allerdings war sie ziemlich verschlossen, und sie lebte auch verschlossen. Niemand wusste, ob sie eine feste Beziehung oder Freunde oder Angehörige hatte. Ich hörte auch schon mal das Gerücht, sie nähme Drogen, da sie vor Jahren gelegentlich wie abwesend wirkte und gleichsam in anderen Welten schwebte. Aber das kann ja auch andere Gründe haben. Ich habe jedenfalls das Gerücht nicht sehr ernst genommen.»

Bustamante hatte den Eindruck, dass er im Vatikanischen Geheimarchiv im Augenblick keine weiteren Informationen mehr erhalten konnte. Er und sein Begleiter verabschiedeten sich vom Generalsekretär mit herzlichen Dankesworten für die freundliche Kooperation, wiesen aber auch darauf hin, dass sie wahrscheinlich in absehbarer Zeit nochmals vorsprechen würden.

Mittlerweile war es Mittag geworden. Bustamante diskutierte noch ein wenig mit Luccio über die eingeholten Informationen und bat ihn darum, am Nachmittag als Erstes nach dem Befund der Obduktion zu fragen. Er selbst zog es dann vor, zu Fuß in sein Büro im Palazzo della Giustizia zu gehen. Also benutzte nur Commissario Rossi das Auto. Als der Questore freilich die Porta di Sant'Anna durchschritten und damit die schattigen Innenhöfe und Passagen des Vatikans verlassen hatte, bereute er seinen Entschluss. Es war in der Mittagshitze unerträglich heiß, und die Straße an der Engelsburg vorbei und dann weiter am Tiber entlang bot praktisch keinen Schatten. Völlig erledigt, schüttete er, in seinen recht «herrschaftlich» eingerichteten Büroräumen (nebst kleinem Appartement für Siesta und Ähnliches) angekommen, zwei Flaschen Mineralwasser nur so in sich hinein und legte sich dann für mindestens zwei Stunden – so nahm er sich vor – aufs Ohr. Jetzt bloß nichts denken, nichts analysieren, nichts weiter planen, nur schlafen … Aber kaum war der Questore in Morpheus› Arme entschwunden, riss ihn das Telefon unbarmherzig wieder in die harte Wirklichkeit zurück.

Es waren die beiden Beamten, die den Morgen über zur Beobachtung der chinesischen Bischöfe und der «Handelsdelegation» abgestellt waren. Mussten die wirklich gerade jetzt anrufen? Der sonst so freundliche Bu-Bu war stinksauer. Aber die Männer fragten, was sie tun sollten. Die Bischöfe seien am Morgen losgefahren, ohne dass ihnen der genannte Alfa Romeo oder irgendein anderer Wagen gefolgt wäre. So seien sie allein hinter den Bischöfen hergefahren. Die hätten sich noch das eine oder andere an Kirchen und Denkmälern angeschaut, seien dann in einige der «Devotionaliengeschäfte» zwischen dem Pantheon und dem «Albergo di Santa Chiara» gegangen und hätten schließlich die Libreria Herder gegenüber dem Parlament besucht, um dort einige liturgische Bücher zu kaufen. Sollten sie nach all dem den offenbar harmlosen und nicht weiter beobachteten Stadtbesuch der Bischöfe noch weiter verfolgen? Bustamante brüllte nur ein absolut grimmiges «No!» ins Telefon und legte dann wütend auf. Zweiter Versuch, Siesta zu halten! Diesmal gelang er …

***

Noch am Vormittag hatte der Questore mit seinen Mitarbeitern ausgemacht, nachmittags gegen fünf Uhr eine Dienstbesprechung abzuhalten. Es sollte auch Rosalinda dazukommen, die über ihre Sekretärinnentätigkeit hinaus die lebende Kommunikationszentrale ihrer Dienststelle war. Auf dieser Dienstbesprechung wolle man dann die bisherigen Ergebnisse zusammentragen und die nächsten Schritte planen.

Commissario Luccio Rossi wurde aufgefordert, als Erstes über die Obduktionsbefunde zu berichten. Aber da protestierte Rosalinda. «Erst wird Kaffee serviert mit ein paar Biscotti, dann gibt's Mineralwasser. Und dann kann's losgehen!» Keiner widersprach ihr.

Gleich zu Beginn von Luccios Bericht gab es einige Überraschungen.

«Die Obduktion ist noch nicht ganz abgeschlossen. Aber der Gerichtsmediziner sagte mir, es stehe schon fest, dass die Dottoressa im ungefähr dritten Monat schwanger war und gerade ...»

«Hallo, hallo», warf Steve ein, «das passt ja gut dazu, dass Surlì, wie die Nachbarin mir erzählte, gelegentlich Besuch von einem attraktiven Herrn mittleren Alters gehabt habe! Entschuldigung, aber die Bemerkung passte gerade hierher.»

«Überdies», fuhr Luccio ungerührt fort, «hatte sie einige Stunden vor ihrem Tod einen Heroin-Schuss hinter sich. Wir haben übrigens die Spritze noch in ihrer Handtasche gefunden. Sie war früher wohl drogensüchtig gewesen; davon zeuge – wie der Gerichtsmediziner sagte – noch eine Unmenge von älteren Einstichen. Aber dann sei wohl längere Zeit nichts mehr gewesen, und jetzt eben der neueste ‹schizzo› (Schuss), der vermutlich erst von gestern Nachmittag war. Dann ...»

Hier wurde er schon wieder unterbrochen, diesmal vom Assistenten Marco Ronconi: «Entschuldigung, aber weil das gerade hierhin passt: Alle Besucher des Jesuiten-Archivs, die ich befragt habe, hatten den Eindruck, dass mit der Dottoressa ‹etwas war›. Sie habe einen völlig abwesenden Eindruck gemacht, habe vor sich hingestiert und gelegentlich wohl auch geschlafen. Aber, Entschuldigung, das nur zur Bestätigung.»

«Also war die Dottoressa doch nicht ein so zurückgezogenes ‹Kind von Traurigkeit›!», entfuhr es Bu-Bu. «Aber Luccio, mach weiter.»

«Okay. – Ich muss noch ein weiteres Detail hinzufügen: Todesursache ist zweifellos die Kopfverletzung der Archivarin und der damit verbundene Blutverlust. Aber der Professore sagte, da sei noch etwas, was er erst genauer untersuchen müsse. Überraschungen seien nicht ganz ausgeschlossen!»

«Also, warten wir's ab!», bemerkte Bustamante und wandte sich seinem Assistenten zu. Marco hatte schon fast alle gestrigen Besucher des Jesuiten-Archivs befragen können. Denn die meisten von ihnen waren heute Vormittag am Borgo Santo Spirito aufgetaucht, um dort zu arbeiten, erfuhren dann allerdings, dass das Archiv die nächsten Tage geschlossen bleiben werde. Immerhin bot sich so die Gelegenheit, die Besucher über die Archivarin zu befragen. Und da waren sich alle sowohl über den Zeitpunkt ihres Eintreffens im Arbeitssaal des Archivs (kurz nach vier Uhr nachmittags) wie auch über ihr sonderbares Benehmen (geistige Abwesenheit, gelegentliche Schlafpausen) einig. Überdies habe sie – so meinten wenigstens einige – zunächst nur Einsicht in einige «Findbücher» genommen, sei dann von einem nur kurz hereinschauenden Besucher angesprochen worden und habe daraufhin den Raum für längere Zeit verlassen. Dann sei sie vor sechs mit diesem Besucher wieder hereingekommen und habe zusammen mit ihm Dokumente, die den beiden von Pater Varanone gebracht wurden, gesichtet und abgeschrieben. Manche Dokumente habe die Dottoressa auch auf einem entsprechenden Gerät selbst kopiert, was umso auffälliger war, da dies «normale» Besucher des Archivs wegen der Empfindlichkeit der Archivalien sonst nicht persönlich tun dürften. Alle Zeugen stimmten auch darin überein, dass sowohl die Dottoressa wie auch der unbekannte Besucher noch im Arbeitssaal verblieben, als sie selbst zum Ende der Öffnungszeit weggegangen seien.

Zu den Besuchern des gestrigen Tages, die heute *nicht* zum Archiv gekommen waren, zählten unter anderen die drei Franziskaner. Darum war Ronconi noch am Vormittag zum Antonianum in der Nähe des Lateran gefahren und hatte zunächst Professor Bertoloni besucht. Dieser bestätigte, dass er gestern gegen halb vier im Archiv war, um Michaela Surlì zu sprechen.

«Er war», berichtete der Assistent, «ziemlich nervös und unruhig. Ich fragte ihn, um was es der Sache nachgegangen sei. Er antwortete: ‹Wir, das heißt ich zusammen mit zwei Scholastikern, sind auf der Suche nach einem alten Dokument, nämlich nach einem bisher unbekannten Brief von Kaiser Kangxi an den Papst. Der Brief ist offenbar irgendwie verloren gegangen, und die Dottoressa wollte bei den Jesuiten nachschauen, ob die Archivalie vielleicht dorthin ausgeliehen worden sei.› Ich: ‹Und hatte sie Erfolg?› – ‹Nein, bisher nicht.› – ‹Was haben Sie dann getan?› – ‹Nun, ich habe mit Frau Dr. Surlì kurz den Arbeitssaal verlassen, um mit ihr ein wenig zu plaudern.

Wir sind ja alte Bekannte von der gemeinsamen Studienzeit in Paris her.› – ‹Und dann?›»

An dieser Stelle sei der Professore sehr, sehr nervös geworden. Er stotterte herum und brachte schließlich heraus, die Dottoressa habe ihn gebeten, ihr bei der Abschrift und Kopie von einigen Dokumenten behilflich zu sein. Das habe er auch getan, zumal sich die Dame in einem etwas aufgelösten Zustand befunden habe. Marco befragte ihn dann, wann er denn das Archiv verlassen habe, da ja in der Besucherliste keine Austragung von ihm vermerkt sei und er sich nach Aussagen der Zeugen noch über das Ende der Öffnungszeit hinaus im Arbeitssaal aufgehalten habe. Antwort: «So gegen zehn.»

Bustamante warf dazwischen: «Hast du ihn denn nicht gefragt, wie er das Archiv und die Curia Generalizia ohne Schlüssel verlassen konnte?»

«Natürlich! Er sagte mir, die Archivarin habe von Pater Varanone einen Schlüssel erhalten und den habe er auch beim Weggang benutzt.»

Der Questore schüttelte den Kopf. «Komisch, dass der Archivdirektor einen so wichtigen Schlüssel aus der Hand gibt und dann fremde Leute allein im Archiv arbeiten lässt! Und weiter: Wie soll das mit dem Professore gegangen sein? Angeblich hat er ja das Archiv vor der Surlì verlassen. Aber wie? Die Surlì brauchte doch den Schlüssel selbst, um aus dem Komplex der Jesuitenkurie herauszukommen. Ich gehe mal davon aus» – und das Folgende vermerkte er natürlich in sarkastischem Tonfall –, «dass sie hier nicht von vornherein eines gewaltsamen Todes sterben wollte!»

«Das habe ich den Professore auch gefragt. Er sagte, er habe erst alle Türen geöffnet, dann ein Stück Pappe dazwischengelegt und sei dann zurückgegangen, um der Surlì den Schlüssel wiederzugeben. Aber mir scheint das Ganze sehr unglaubwürdig zu sein. Schließlich sind das eine ganze Menge Türen, viele Zwischentüren, wie ich heute Morgen gesehen habe. Und dann – wurde überhaupt ein Schlüssel bei der Leiche gefunden?»

Keiner wusste etwas davon. Aber vielleicht hatte ja Pater Soccorsi den Schlüssel an sich genommen. Man musste der Sache nachgehen.

«Kurz –», so schloss Marco diesen Teil seines Berichts ab, «nimmt man noch hinzu, dass Professor Bertoloni an einigen Stellen ganz schön ins Stottern und Schwitzen kam und einiges sehr fragwürdig bleibt, so kann ich mich des Eindrucks nicht erwehren, dass er schlicht und ergreifend lügt. Aber warum?»

Nach einer kleinen Pause fuhr er fort: «Lügen fabrizieren meines Erachtens aber auch die beiden Scholastiker. Jedenfalls habe ich ganz massiv diesen Eindruck gewonnen. Als sie am Nachmittag, laut Besucherliste um 16.17 Uhr, im Jesuiten-Archiv ankamen, haben sie – so ihre Auskunft – im Arbeitssaal zuerst ganz kurz mit der Dottoressa gesprochen, ganz kurz, weil die ja dann mit Bertoloni den Raum verließ, und das war nach der Liste gegen 16.20 Uhr. Dann haben die beiden noch eine gute halbe Stunde an den Findbüchern weitergearbeitet und sind anschließend angeblich nach Hause gegangen. Aber genau das glaube ich ihnen nicht. Denn auf meine entsprechende Frage hin wurden sie abwechselnd rot und weiß und waren irgendwie verwirrt. Wisst Ihr, die beiden sind noch wie naive Kinder, die schlecht Lügen verstecken können. Irgendwas ist da, etwas, was nicht stimmt. Wir sollten der Sache nachgehen. Warum lügen hier alle? Was haben sie zu verbergen?»

Commissario Steve Hopkins meldete sich. «Ich muss mich jetzt auf den Weg machen, weil gleich mein Flieger nach Paris geht. Vorher habe ich keinen bekommen, und morgen ist auch alles ausgebucht. Ich werde, sobald ich etwas herausbekommen habe, anrufen. Übrigens, in der Wohnung der Surlì habe ich keine weiteren interessanten Hinweise gefunden. Ich habe die Wohnungstür aber versiegelt, damit man gegebenenfalls nochmals genauer nachschauen kann.»

Die besten Wünsche der Anwesenden begleiteten ihn.

«Ja, warum wird hier gelogen?», so griff der Questore nochmals das Ganze auf. «Damit ist der Aufgabenkatalog für morgen komplett. Denn, liebe Leut› (eine für Bu-Bu sehr typische Redensart), es tut mir leid: auch wenn morgen Samstag ist, können wir uns keinen freien Tag leisten. Wir werden ihn aber selbstverständlich später mal nachholen.»

«Da ist noch etwas!», sagte Marco. «Als du heute Morgen die Anwesenheitsliste des Jesuiten-Archivs flüchtig durchgesehen hast, offenbar ohne auf die Uhrzeiten zu schauen, ist dir entgangen, dass nicht alle drei chinesischen Namen, die auf die der Bischöfe folgen, so ohne weiteres mit der ‹Handelsdelegation› zu identifizieren sind. Denn in Wirklichkeit handelt es sich nur um zwei Personen, die unmittelbar nach den Bischöfen gekommen und auch ziemlich bald wieder gegangen sind. Die dritte Person mit einem chinesischen Namen kam später und ging auch erst gegen 17.10 Uhr. Es handelt sich dabei um einen Jesuitenpater namens Gu Han Song. Ich habe ihn in der Jesuitenkurie zu erreichen versucht, er war aber nicht auf seinem Zimmer. Morgen, am Samstag, würde man ihn wohl – so die Auskunft dort – antreffen, weil er dann keine Verpflichtungen habe. Er ist dann der Letzte, den ich wegen der Vorgänge im Archiv noch befragen muss.»

«Gut!», stimmte Bustamante zu. «Und du, Luccio, du wirst weiter Kontakt zur Gerichtsmedizin halten und dich um die Auswertung der Fingerspuren durch die römische Polizei kümmern. Ferner sollten wir mal herauszufinden versuchen, wo diese chinesische ‹Handelsdelegation› Quartier bezogen hat und ob die Männer überhaupt noch in Rom sind. Marco kann dir ja, wenn er mit dem andern fertig ist, dabei helfen. Ebenso würde mich interessieren, ob die chinesischen Bischöfe schon abgereist oder noch in Rom sind. Irgendwie hängen beide Gruppen, wenn auch nur lose, ja mit in diesem Fall drin. Und nachmittags gegen halb fünf sollte Luccio bei der Vernehmung der drei Franziskaner, die ich selbst durchführen werde, mit dabei sein. Dann zu dir, Rosalinda – es wäre schön, wenn du hier die Stellung hieltest. Du kannst ja dabei viel Kaffee trinken, Dolce essen und Kriminalromane lesen. Ich selbst werde morgen Vormittag ein wenig im Konvent der Franziskaner herumschnüffeln und die drei für den Nachmittag offiziell und schriftlich zu uns auf die Dienststelle laden.»

Man machte sich schon bereit zum Aufbruch, da fügte Bu-Bu hinzu: «Wenn ich nicht so kaputt wäre, hätte ich euch jetzt noch zum Abendessen eingeladen. Aber das machen wir dann demnächst.»

Diesmal ließ sich der Questore nach Hause chauffieren. Er war todmüde und von der Hitze erschöpft. In seiner gemütlichen, aber ein wenig schludrigen Wohnung wurde er mit einem Heidenlärm begrüßt, nämlich mit dem nicht aufhörenden Gekrächze und Flügelschlagen seines Papageis Meister Jakob (der Name stammte von einem deutschen Freund, von dem er den Vogel übernommen hatte, wobei das «Meister» sich doch meist in ein «Maestro» verwandelte). Meister Jakob, der ohnehin sehr liebesbedürftig war, hatte den ganzen Tag allein verbracht und bedurfte jetzt großer Zuwendung. Die erhielt er auch und bedankte sich dafür mit einem mehrmaligen «Va bene!» (die einzige Wendung, die er neben «Mannaggia!» – «Verdammt noch mal!» – beherrschte). Anschließend bereitete Bu-Bu sich seine Lieblingspasta «Spaghetti all'aglio e olio» (mit ganz leicht in Butter angebratenen, hauchdünnen Knoblauchscheibchen, allerbestem und deshalb auch stinkteurem Olivenöl, viel Peperoncini und noch mehr Parmigiano obendrauf). Dies «scharfe Zeug» mochte nicht nur er über alle Maßen, sondern auch Meister Jakob. Ein Schluck Wein aus San Vito Romano, dann sank Bu-Bu fast ganz von selbst ins Bett.

DRITTES KAPITEL

Ein «komischer» Gerichtsmediziner, zwei «reizende» Scholastiker und ein «angepasster» Professor

Der Questore wurde viel zu früh, schon gegen halb sieben, von einem gewaltigen Donnerschlag geweckt. Auf Grund der in diesem Jahr vorzeitig einsetzenden Hitzewelle hatte sich ein Gewitter gebildet, das sich schon die ganze Nacht hindurch aus der Ferne bemerkbar gemacht, das Bu-Bu aber «überschlafen» hatte. Jetzt meldete es sich direkt über Rom mit grellen Blitzen, tosendem Donner und wolkenbruchartigem Regen. Im Nachbarzimmer hörte man Meister Jakob ängstlich mit den Flügeln schlagen und ungefüge Laute, manchmal ein «Mannaggia» krächzen. Wenigstens fünf Minuten lang überlegte Bustamante, ob er aufstehen oder sich die Bettdecke über die Ohren ziehen sollte. Es siegte die Bettdecke. Als er dann schließlich nach ca. zwei Stunden wohl oder übel doch aufstand, hatte strahlendes Frühsommerwetter Einzug gehalten. Der Himmel zeigte ein glasklares Tiefblau, die Straßen dampften in der ansteigenden Sonnenhitze vom verdunstenden Nass des Regens, durch die geöffneten Fenster zog kühle, reine Luft herein, und das wenige Grün, das Bu-Bu von seiner Wohnung aus sehen konnte, war frisch wie eine eben aufgegangene Saat. Und am Samstag war auch der Autoverkehr und Straßenlärm reduziert. Es war einfach schön!

Weil sein Chauffeur frei hatte, machte sich der Questore nach einem ausgiebigen Frühstück mit öffentlichen Verkehrsmitteln Richtung Lateran auf den Weg. Aber dort war wieder einmal eine der häufig am Samstag stattfindenden Demonstrationen von Linksparteien und Gewerkschaften. Zehntausende von Menschen hatten sich um die Monumentalfigur des hl. Franz von Assisi geschart! Aber vermutlich wussten weder dieser Heilige noch die Demonstrierenden selbst, zu was diese Kundgebung *wirklich* stattfand. Denn die Parolen «Weniger Arbeit! Mehr Geld! Mehr Ferien! Mehr soziale Sicherheit!» waren im Grunde ja nur Passepartouts für alles und nichts. Warum reichen in «Bella Italia» schon ein paar markante Sprüche, um Menschen auf die Straße zu bringen?, dachte Bu-Bu bei sich und harrte zunächst geduldig im Riesenstau vor dem Lateran aus. Dann wurde es ihm zu lang. Er stieg vorzeitig aus und ging zu Fuß zur Via Merulana, an der das Antonianum lag, dessen hinterer Flügel den Franziskanerkonvent bildete. Er ließ sich beim Guardian, Pater Gaetano Buonaiuti, anmelden.

Bustamante war sogleich sehr von ihm eingenommen. Der Aussprache nach aus Norditalien stammend, machte Padre Gaetano einen eher bäuerlichen Eindruck: breite Gesichtszüge, eine füllige Gestalt, gemächliche Bewegungen, kurz: eine Ruhe ausstrahlende Körpersprache mit wenigen, aber markanten Gesten. Hätte Bu-Bu den Pater mit einem einzigen Wort beschreiben sollen, wäre «gesund» wohl am treffendsten gewesen. Der Pater hatte einfach etwas Gesundes, Bodenständiges an sich, nichts Aufgesetztes, Gekünsteltes, Übertriebenes. Über den Besuch des Questore war er nicht allzu sehr überrascht. Er hatte schon gehört, dass drei Mitglieder seines Konvents ganz am Rande mit dem Todesfall Surlì zu tun hatten. Darum wunderte er sich auch nicht, als Bustamante bemerkte:

«Ich habe da ein paar schriftliche Vorladungen, die ich deshalb persönlich überbringe, weil es eilt. Die drei sollen sich nämlich, bitte, schon heute Nachmittag in meiner Dienststelle im Palazzo della Giustizia einfinden.»

Ein «Öhö» signalisierte Zustimmung.

«Bei dieser Gelegenheit wollte ich Sie auch ein wenig über diese drei Leute befragen. Was für ein Mann ist Pater Bertoloni?»

«Nun – so gut kenne ich ihn auch wieder nicht. Er kommt nicht aus der gleichen Ordensprovinz wie ich, sondern ist erst vor ungefähr drei Jahren zu uns gestoßen. Er ist auf jeden Fall sehr intelligent, charmant und unter den Studenten höchst beliebt. Außerdem ist er äußerst redegewandt, doch geht es dabei nicht selten mit ihm durch. Oder anders gesagt: Er ist gelegentlich recht unbeherrscht.»

«Und weiter?»

«Ich weiß nicht recht.» Der Guardian zögerte. «Man sollte ja über einen Mitbruder nichts Böses denken oder sagen. Aber schließlich sind Sie dabei, vielleicht sogar einen Mord aufzuklären. Wissen Sie: Vorgestern hat er die Abschlussvorlesung dieses Schuljahres gehalten und hat sich dabei mächtig ins Zeug gelegt gegen alle Formen der Anpassung des Glaubens, der Frömmigkeit und der Kirche an Zeitgeist und kulturelle Umwelt. «Passt euch dieser Welt nicht an», diesen Satz des heiligen Paulus hat er zitiert und die Folgerung gezogen: ‹Anpassung ist etwas Satanisches!› Und: ‹Der Euphemismus *Ritenstreit* steht im Grunde für nichts anderes als für das Satanswerk der Anpassung!› Er hat es sicher auch so gemeint, wie er es gesagt hat. Aber – und das ist eben das Problem – Pater Remigio ist ein Rhetoriker, wie er im Buche steht. Der könnte morgen das genaue Gegenteil sagen, etwa: ‹Anpassung ist das unbedingte Gebot der Stunde!› Und er könnte das mit eben der gleichen Verve und Nachdrücklichkeit vertreten und mit Schriftworten untermauern und würde all das auch wieder genau so meinen, wie er es sagt. Das ist der Segen und Fluch der Rhetorik, die ja auch unsere Politiker so hervorragend beherrschen. Wahrheit gibt es da nicht, nur rhetorische Opportunität.»

Oje!, dachte Bustamante, für den gleichfalls das Wort «Wahrheit» ein rotes Tuch war. Wahrheit, das war für ihn ein hehres, aber viel zu hoch gegriffenes Wort! Wahrheit – diese Idee entsprang für ihn, den Agnostiker, nur dem Sicherheitsbedürfnis des Menschen und seinem Willen, gegenüber anderen recht zu haben. Was sollte Wahrheit sonst sein? Dieses «steile», völlig überzogene Wort! Ihm fiel dazu immer der Satz des «Berliner Dienstmädchens» ein, den er in seinen früheren Deutschkursen am Goethe-Institut mal aufgeschnappt hatte: ‹Habense det nich billijer?› – Aber jetzt wollte er sich auf keine Grundsatzdiskussion einlassen. Im Übrigen hatte der Guardian die kleine Gesprächspause genutzt, um weiter über Pater Remigio zu sprechen:

«Heute Morgen hatte ich übrigens einen kleinen Konflikt mit ihm. Er sagte mir doch beim Frühstück glatt, er habe den beiden Scholastikern gestattet, über Nacht außer Haus zu bleiben, weil sie, wie er selbst, bis weit in die Nacht hinein im ARSI gearbeitet und ihn gebeten hätten, im Anschluss daran eine Nachtwanderung oder Mondscheinwanderung in die Albaner Berge machen zu dürfen. Erstens finde ich das in sich einigermaßen unsinnig, und zweitens hat Pater Remigio nicht die geringste Kompetenz dazu, solche Erlaubnisse zu erteilen. Irgendwie ist das typisch für ihn: er ist immer ein wenig präpotent. Na, ich habe ihn ganz schön zur Rede gestellt. Genau so wie Frater Pierluigi und Frater Romano, als sie dann endlich gegen halb zehn zurückkehrten. Sie seien noch in der Messe gewesen, sagten sie.»

«Moment mal! Die beiden sind also nicht, wie sie das meinem Assistenten gesagt haben, noch am frühen Abend zum Konvent zurückgekommen? Waren sie zum Beispiel nicht beim Abendessen?»

«Nein, sicher nicht!»

«Nun gut, wir werden ja heute Nachmittag weitersehen. Aber was halten Sie denn von diesen beiden?»

Der Guardian wiegte den Kopf hin und her. «Es sind sicher liebe, willige Jungen mit einer guten Grundeinstellung. Aber sie sind im Grunde noch durch und durch unreif. Kinder! Ich glaube, sie müssen noch ihre Pubertät nachholen. Und im Übrigen kleben sie mir viel zu viel aneinander. Ob aus ihnen einmal wirkliche Franziskaner und Priester werden, müssen die nächsten Jahre erst noch zeigen.»

«Gut! Danke für die Informationen. Ich brauche ja wohl die schriftlichen Ladungen nicht selbst übergeben. Darf ich mich auf Sie verlassen, wenn ich Sie darum bitte?»

Der Guardian stimmte zu. Der Questore händigte ihm die amtlichen Briefe aus, und man verabschiedete sich freundlich.

Es war mittlerweile kurz vor elf. Wie immer vor Gesprächen hatte Bustamante sein Cellulare ausgeschaltet. Im Grunde hasste er Handys. Er erinnerte sich an einen kürzlich gehörten Vortrag über das Gott-gleich-sein-Wollen des Menschen, das sich auf tausenderlei Weise äußert. Und eine davon – so der Vortragende, ein Professor aus Wien – sei der exzessive Gebrauch des Handys. «Überall und sofort erreichbar sein – das ist im Grunde ein göttliches Prädikat», hatte er gesagt. «Wir dagegen sind Menschen, endliche Geschöpfe, an Zeit und Raum gebunden. Man muss nicht überall und sofort erreichbar sein.» Bustamante hatte das eingeleuchtet. Er benutzte das – im Übrigen oft so störende – Handy nur, wenn es sein Beruf unbedingt erforderlich machte. Und das war jetzt der Fall. Er stellte es an, um zu hören, ob wichtige Nachrichten vorlagen. Tatsächlich bat Rosalinda auf der Mailbox um Rückruf, den er auch sofort ins Werk setzte.

Die Sekretärin hatte drei Telefonate erhalten, deren Inhalt sie ihm weitergab.

Erstens: Luccio war von der Spurenauswertung mitgeteilt worden, dass alle Fingerabdrücke, die man am Unglücksfenster des Archivs gefunden hatte, von der Dottoressa stammten bis auf einen einzigen. Und dieser eine Abdruck habe sich mehrfach wiedergefunden an einem Tisch im Arbeitssaal, wo man zugleich unzählige Abdrücke der Archivarin ausmachen konnte. Offenbar handelte es sich also um den Arbeitstisch, an dem die Tote und Professor Bertoloni gemeinsam gearbeitet und Dokumente kopiert hatten. An den verwüsteten Regalen im Arbeitssaal und Magazin hatte man dagegen keinerlei Fingerspuren festgestellt; der Täter oder die Täter mussten wohl Handschuhe benutzt haben.

Zweitens: Steve hatte aus Paris angerufen und von seinem wahnsinnigen Glück erzählt: Er habe schon gleich am Morgen im «Institut für Sinologie» der Sorbonne einen

Assistenten angetroffen, der noch zusammen mit der Michaela Surlì studiert hatte. Und der habe ihm erzählt, dass sie eine Zeit lang mit einem gewissen Bertoloni verlobt gewesen war, diese Verlobung dann aber aus irgendwelchen Gründen wieder gelöst wurde. Beides waren für Bu-Bu sensationelle Meldungen, die ihm für die Vernehmung am Nachmittag gerade recht kamen.

Die dritte Nachricht war vom Gerichtsmediziner, Professor Ivan Pacelli, gekommen: Der Questore möge ihm doch bitte möglichst bald persönlich einen Besuch abstatten, es gäbe Neuigkeiten. Er sei noch bis ungefähr halb eins im Institut und dann wieder ab vier Uhr. Bustamante schaute auf die Uhr. Mit einem Taxi würde er das Gerichtsmedizinische Institut in der Nähe des Campo Verano noch vor Mittag erreichen können

Professor Ivan Pacelli, weitläufig mit der Familie des früheren Pacelli-Papstes, Pius› XII., verwandt, erwartete ihn schon. Der Professore, mit dem Bu-Bu schon früher öfter zusammengearbeitet hatte, war lustig, um nicht zu sagen, komisch anzusehen: über alle Maßen klein und schmächtig (höchstens ein Meter sechzig groß), aber mit einem viel zu langgezogenen Kopf, dessen Übermaß noch von weit abstehenden Ohren und einem riesigen Backenbart – beide standen in unübersehbarem Kontrast zur winzigen Körpergröße – unterstrichen wurde; dazu kam ein struppiger Haarwuchs, den ein nicht gelungener Poposcheitel auch nicht recht bändigen konnte. Die Arme schlackerten ständig am Rumpf herum, das heißt man hatte den Eindruck, dass ihre Bewegungen mit der übrigen Körpermotorik nicht richtig koordiniert waren. Die Hosenbeine wiesen deutliches «Hochwasser» auf und ließen Schuhe erscheinen, die für die Zwergengestalt des Professors viel zu groß waren. Oder standen die Füße selbst in keinem Verhältnis zur Größe des übrigen Körpers? Auf jeden Fall aber galt für diesen Mann: klein, aber oho! So jedenfalls hatte Bu-Bu ihn bisher kennengelernt.

Der Professore bedankte sich überschwänglich für den persönlichen Besuch des Questore und nahm ihn gleich in den Obduktionssaal mit. Während Angestellte die Leiche der Dottoressa herbeifuhren, begann der Gerichtsmediziner schon mit lebhaften Ausführungen.

Zunächst habe er geglaubt, die durch den Sturz verursachte Kopfwunde, die daraus resultierende Gehirnblutung und der damit verbundene, überaus große Blutverlust seien die eigentliche Todesursache. Dann aber kamen ihm Zweifel, als er an den beiden Schultern der Toten oberhalb des Schlüsselbeins schwache Druckstellen fand, die darauf schließen ließen, dass man die Archivarin hier vermutlich mit zwei Händen fest gepackt beziehungsweise geschüttelt hatte. Diese Spuren konnten aber nur schwerlich aus der Zeit kurz vor dem Fenstersturz stammen und etwa ein Indiz dafür sein, dass man die Surlì an dieser Stelle angefasst und aus dem Fenster gestürzt hätte. Denn sie hatte ja den Sturz zunächst überlebt und sich noch einige Meter weit kriechend von dannen geschleppt. Die vorhandenen schwachen Spuren setzten vielmehr voraus, dass unmittelbar nachdem sie entstanden, der Tod eingetreten sein musste, weil die Druckstellen nicht mehr – wie bei Lebenden – vom noch durchbluteten Körpergewebe kompensiert worden waren. Der Professore schaute sich daraufhin nochmals ganz genau die Schädeldecke an und hatte das Gefühl («Es war wirklich eher ein Bauchgefühl als eine sichere Beobachtung!»), dass der Schädel mindestens zweimal auf den Boden aufgeschlagen war. Er ließ daraufhin Röntgenaufnahmen herstellen und ordnete eine Computertomographie an. Dabei kam zweifelsfrei heraus, dass das «Gefühl» des Gerichtsmediziners zutraf. Professor Pacelli zeigte dem Questore die entsprechenden Bilder, die den Sachverhalt eindeutig belegten.

«Wir müssen also von folgendem Szenario ausgehen», sagte der Professore. «Die Archivarin stürzte aus dem Fenster, aus welchen Gründen auch immer. Ich hatte Ihrem Kollegen, dem Kommissar Rossi, ja schon gesagt, dass sie einen ‹schizzo› hinter sich hatte und im dritten Monat schwanger war. Nach dem Sturz kroch sie noch einige Meter auf dem Boden herum, wie dies nach Aussagen des Commissario die Blutspuren zeigen. Dann wurde sie von jemandem oben an den Schultern gepackt und ihr Kopf mit voller Wucht nochmals ein-, vielleicht auch zweimal auf den Steinboden aufgeschlagen, so dass ihre ganze Schädeldecke zertrümmert wurde und sie erst an dieser neuen, grässlichen Verletzung starb.»

Bustamante bedankte sich nachdrücklich für diese, wie immer, «außergewöhnliche, hervorragende Arbeit» des Professore, der seinerseits versprach, ihm den Befund in Kürze schriftlich zukommen zu lassen.

Diesmal legte sich der Questore nach einem billigen Fastfood zwar auf sein Sofa, hielt aber keine Siesta. Es waren einfach zu viel neue Fakten zu verarbeiten und die Taktik der folgenden Vernehmungen zu überlegen.

Als die drei Franziskaner kurz vor halb fünf an der Dienststelle Bustamante eintrafen, begrüßte er sie freundlich und begann mit ihnen und dem schon lange wartenden Luccio einen Smalltalk über das Wetter, die Demonstration am

Lateran und die beginnende Ferienzeit. Bustamante prüfte dabei sehr intensiv die Gesichter und Reaktionsweisen der beiden Scholastiker. Es war eine seiner «Spezialitäten» und auch Erfolgsrezepte, im Gewand eines harmlosen «buon zio» (guten Onkels) Zeugen oder Beschuldigte aufs Glatteis zu führen und dann zuzuschlagen. Jetzt ging es ihm darum, den psychisch Schwächsten und Sensibelsten der beiden Fratres auszumachen. Offenbar war es Pierluigi, den er dann auch als Ersten in den Vernehmungsraum bat. Luccio begleitete ihn und nahm hinter dem Scholastiker Platz. Die anderen hatten unterdessen im Besuchszimmer zu warten, verwöhnt mit einem herrlichen Kaffee der besten aller Sekretärinnen.

Nach noch etwas Smalltalk und den üblichen Formalitäten kam Bustamante zur Sache: «Lieber Frater Pierluigi, Sie sind ja gar nicht, wie Sie das gestern meinem Assistenten gesagt haben, nach dem Archivbesuch gleich nach Hause gegangen. Ihr Guardian hat mir alles erzählt. Warum haben Sie nicht die Wahr-, eh, hm, haben Sie nicht gesagt, was wirklich der Fall war?»

Der Frater wurde rot und stotterte herum. «Vielleicht war es nicht ganz richtig, dass wir über Nacht außer Haus geblieben sind. Und darum …»

«Na, na, nun erzählen Sie mir keine Geschichten! Wo waren Sie denn wirklich?»

«Wir haben eine Mondscheinwanderung in die Albaner Berge gemacht, von Frascati zum Monte Cavo!»

Man brauchte Pierluigi nur ins Gesicht zu sehen und man konnte darin lesen, dass diese Antwort nicht zutraf.

«Also», der Ton des Questore wurde schärfer, «ich will, wie schon gesagt, mir jetzt keine erfundenen Geschichten anhören. Erstens: Sie sind, wie ich eben bei der Aufnahme der Personalien vernommen habe, ein ‹Romano di Roma›, ein gebürtiger Römer. Von dieser Spezies gibt es höchstens fünf, die je in ihrem Leben einmal so weit zu Fuß gehen und dazu noch bei Nacht. Von diesen fünf können Sie mich gleich abziehen. Denn ich gehöre zu den fünf Ausnahmen. Dann bleiben nur noch vier. Ich glaube nicht, dass ausgerechnet Sie zu diesen vier gehören. Zweitens: Wenn Sie weiter darauf bestehen, diese Wanderung gemacht zu haben, werde ich erst Sie und separat dann auch Ihren Kollegen nach Details befragen. Denn ich kenne diesen Weg genau. Und dann werden wir ja sehen, ob diese Mondscheinwanderung wirklich stattgefunden hat.»

Bustamante bluffte. Zwar war er den Weg von Frascati über Rocca di Papa zum höchsten Berg der Colli Albani, dem Monte Cavo (949 Meter), tatsächlich schon einmal selbst zu Fuß gegangen. Aber das war mindestens dreißig Jahre her, und er hatte kaum mehr Erinnerungen daran. Die Albaner Berge waren ihm einfach zu langweilig. Er bevorzugte die Abruzzen und die vorgelagerten Bergzüge Latiums.

Der Scholastiker schwieg eine Weile, dann kam kleinlaut aus einem schamroten Gesicht heraus: «Wir waren in Ostia zum Baden.»

«Wo denn da?»

«Am Strand!»

Bustamante hätte am liebsten laut gelacht. «Wo denn wohl sonst, wenn man baden will! Also wo?»

«Na ja, ein bisschen weiter südlich, hinter Castel Fusano.»

«Südlicher noch als die Präsidentenvilla?»

Ein ersticktes «Ja!».

«Nun sagen Sie es doch gleich: Sie waren auf dem FKK-Strand!»

Das «Ja!» wurde noch leiser und «g'schamiger».

«Nun seien Sie doch nicht so verklemmt! Waren Sie noch nie in der Sauna? Es ist doch nichts Schändliches, an den FKK-Strand zu gehen. Ich selbst bade hin und wieder auch ganz gern textilfrei. Es macht einfach Spaß, ohne Klamotten zu baden, wenn das Wasser einem beim Schwimmen so um den ganzen Leib zirkuliert und nach dem Bad die Sonne nicht zuerst eine unangenehm nasse Badehose trocknen muss, sondern gleich den ganzen Körper erfasst. – Aber vielleicht ist dies noch gar nicht das Problem. Vielleicht enthalten Sie mir noch etwas vor. Sind Sie etwa noch einige Kilometer weiter südlich gewesen?»

Jetzt nickte der Frater nur noch und fiel gewissermaßen in sich zusammen.

«Das heißt: Sie waren auf der ‹spiaggia gay› (‹Schwulenstrand›)?»

Ein kaum merkbares Kopfnicken.

«Und was haben Sie dort gemacht? Habt ihr euch ‹geliebt›?»

«Nicht richtig!», stotterte der junge Mann.

«Na, wie soll das unter Männern auch ‹richtig› gehen? Aber jetzt, wo Sie das eingestanden haben, glaube ich Ihnen wenigstens auch das andere. Schauen Sie: Ich habe hier einen Mord aufzuklären und keine moralischen Bewertungen abzugeben. Nur eines: Wenn ich an Ihrer Stelle wäre und ich solche ‹Liebe› praktizierte, würde ich mich noch heute bei Ihrem Guardian, Pater Gaetano Buonaiuti, aus dem Orden abmelden.»

«Aber wir sind doch gleich am Morgen in Santa Maria Maggiore zum Beichten gewesen!»

O heilige Einfalt!, dachte Bu-Bu und sagte laut: «Als ob es darauf ankäme! Es geht darum, dass Sie als ‹Patermann› das auch wirklich leben, was Sie nach außen zu leben vorgeben. Man kann doch nicht das Zölibatsversprechen, ja als Ordensmann sogar das Gelübde der Jungfräulichkeit ablegen und dann so was praktizieren. Das ist doch Betrug!»

Kaum hatte Bu-Bu das gesagt, merkte er, dass er sich ganz gegen seine Absicht «übernommen» hatte. Er musste einen Mord aufklären und durfte kein «Moralist» sein. Da hatte ihn seine eigene Vergangenheit wieder erwischt. Denn er selbst hatte sich an sein Zölibatsversprechen gehalten und hielt sich auch weiter daran, obwohl er sein Amt als Priester schon vor vielen, vielen Jahren aufgegeben und sogar die Kirche verlassen hatte. Aber für ihn war ein Versprechen eben ein Versprechen! Er wusste: Das klang sehr deutsch. Und in der Tat war einer seiner Vorfahren, der Großvater mütterlicherseits, Deutscher gewesen. Aber Bu-Bu hatte seit Schülerzeiten immer das Wort des Tacitus fasziniert: Bei den Germanen gilt ein gegebenes Versprechen mehr als tausend römische Eide. Und hätte er einen der bekannten biographischen Fragebögen ausfüllen müssen, so hätte er unter den Rubriken «Welches ist ihre stärkste persönliche Eigenschaft?» und «Welche Eigenschaft schätzen Sie bei anderen Menschen am meisten?» mit Sicherheit geantwortet: *Verlässlichkeit* und *Treue*. – Nach einer kurzen Pause, in der man geradezu das Herzklopfen des Scholastikers zu hören glaubte, wandte er sich wieder dem – wie es schien – völlig am Boden Zerstörten zu und tröstete ihn:

«Frater Pierluigi, jetzt haben Sie das Schlimmste hinter sich. Machen Sie nun auch mal ganz reinen Tisch. Wie haben Sie Professor Bertoloni dazu gebracht, Ihnen die

Erlaubnis für eine Nacht außerhalb des Klosters zu verschaffen?»

«Er, eh, er freute sich, freute sich, dass wir bei ihm die Lizenzarbeit schreiben wollten, und wollte uns damit auch eine Freude machen.»

Diese Worte kamen so gewunden heraus, dass man kein Psychologe zu sein brauchte, um mit Bustamante zu protestieren: «Nun fangen Sie nicht wieder an, erfundene Geschichten zu erzählen!»

Der junge Mann wand sich gequält hin und her. «Aber wir haben Pater Remigio ein feierliches Versprechen gegeben!»

«Selbst wenn Sie es der Madonna persönlich in die Hand versprochen hätten: die Aufklärung eines Mordes geht vor», hielt der Questore mit entschiedenen Worten, die keinen Widerspruch duldeten, dagegen.

Da begann Frater Pierluigi endlich auszupacken. Nachdem die Dottoressa den Studenten im Arbeitssaal des Jesuiten-Archivs zugesagt hatte, weiter nach der gewünschten Archivalie zu suchen, und beide dann noch einige Dokumente für den darauffolgenden Tag bestellt hatten, taten sie einen Schritt in den Garten der Curia Generalizia, von dem aus man einen herrlichen Blick auf St. Peter und weite Teile Roms hat. Bei dieser Gelegenheit hörten sie hinter einigen Büschen ein Geflüster und Gestöhne. Als sie sich vorsichtig näherten, erblickten sie ihren Professor in engster Umarmung mit der Archivarin. «Sie knutschten nur so herum und gaben sich intensivste Zungenküsse!» Neugierig blieben sie stehen und schauten durch eine winzige Lücke in den Sträuchern dem Balzen der beiden interessiert, aber auch einigermaßen schockiert zu. Sie verstanden zwar nicht, was gesprochen wurde, aber nach dem Knutschen kam es offenbar zu einer heftigen, lauten Auseinandersetzung, so dass der Professore öfter sagen musste: «Leiser! Leiser!» Gelegentlich konnten sie auch einige Worte vernehmen, z. B. Kind, Karriere, Kopieren und andere.

Da passierte es, dass ein Sonnenstrahl Frater Romano erreichte und ihn plötzlich an der Nase kitzelte, so dass er niesen musste. Sofort kam Pater Remigio her, sah die beiden und war zutiefst erschrocken. Er schickte Frau Surlì wieder ins Archiv und versuchte den beiden zu erklären, dass all das, was sie da gesehen hätten, nicht so schlimm war. Er sei früher mit der Archivarin verlobt gewesen, und sie seien beste Freunde geblieben. Nun gut, vielleicht habe man jetzt ein wenig zu viel gegenseitige Freundschaft gezeigt. Und das bedauere er. Aber ansonsten bäte er die beiden dringendst darum, dem Guardian oder anderen aus dem Konvent nichts davon zu erzählen. «Bitte, bitte, bitte!», habe er gesagt, «tut mir den Gefallen! Ich will mich euch gegenüber dann auch gern mal erkenntlich zeigen.» Ja, und da sei Romano auf die Idee gekommen, Pater Remigio zu bitten, er möge ihnen mal eine Nacht außerhalb des Klosters herausschinden. Und dessen Vorschlag sei es dann auch gewesen, dem Guardian von einer Mondscheinwanderung in die Albaner Berge zu erzählen.

«Mit anderen Worten», bemerkte der Questore trocken und nicht ohne Grimm, «Sie haben den Professore erpresst.»

«Nein, so kann man das nicht sagen; er hat es uns doch selbst angeboten. Allerdings mussten wir ihm hoch und heilig versprechen, nichts von dem Erlebten weiterzusagen.» Und nach einer kleinen Pause sagte er kleinlaut: «Und jetzt habe ich mein Versprechen gebrochen.»

«Nein, das geht schon in Ordnung.»

«Ach, noch was: Der Professor hat uns dann noch Folgendes mitgeteilt. Nach einem sehr intensiven Gespräch mit der Archivarin sei klar, dass er sich bezüglich der genauen, genauen ...», er suchte nach Worten, «... Klassifizierung des Dokuments, das wir da suchten, geirrt habe. Dies existiere zwar unter der angegebenen Nummer, aber es sei kein Brief von Kaiser Kangxi selbst, sondern sogar ein noch älteres Dokument, nämlich eine Sammlung von Briefen des Jesuiten Johann Adam Schall von Bell an römische Stellen ganz zu Beginn der Regentschaft von Kaiser Kangxi. Uns kam diese plötzliche Änderung seiner Überzeugung sehr eigentümlich vor, weil er uns vor dem Mittagessen noch gesagt hatte, wir sollten unbedingt darauf bestehen, diesen Brief, der von Kaiser Kangxi selbst stammte, zu erhalten.»

Bustamante war sich einigermaßen sicher, dass der junge Frater jetzt wirklich umfassend ausgesagt und nicht gelogen hatte. Er entließ ihn, nicht ohne dass dieser ihn noch bat: «Bitte, sagen Sie Professor Bertoloni doch nichts davon, dass ich mein Versprechen gebrochen habe.»

«Wenn's geht, werde ich ihm nichts davon mitteilen. Übrigens auch nicht ihrem Guardian bezüglich der Vorgänge an der ‹spiaggia gay›.»

Pierluigi verschwand ein wenig erleichtert.

Das unmittelbar nachfolgende Verhör mit Frater Romano brachte nichts wirklich Neues heraus. Als dieser merkte, dass sein Mitbruder ausgepackt hatte, war auch er nicht mehr zu halten. So blieb jetzt noch der dickste Brocken: Professor Bertoloni. Vorher verständigte sich Bu-Bu noch mit Commissario Rossi, der während der ganzen Zeit ein stiller, aber aufmerksamer Beobachter war, über die Vernehmungstaktik beim Professore. Beide waren sich darüber einig, dass man ohne große Umschweife und Tricks gleich zur Sache kommen sollte, da das Belastungsmaterial mehr als ausreichend war. Vielleicht konnte man ihn ja auch durch eine direkte Konfrontation überrumpeln.

***

Nach den üblichen Formalien begann der Questore gleich mit einem Paukenschlag: «Padre Professore, wir haben vieles gegen Sie in der Hand. Aber ich möchte gern wissen, ob Sie uns auch ohne Vorlage von Beweisen eine zutreffende Schilderung und Erklärung der Vorgänge um den Tod der Dottoressa geben. Die erste Testfrage an Sie lautet: War Frau Surlì von Ihnen schwanger?» Das traf ganz offensichtlich ins Schwarze. Pater Remigio Bertoloni kam deutlich ins Schleudern, schluckte zweimal, sagte dann aber: «Nein.»

«Test nicht bestanden! Ich warne Sie, Professore. Wir wissen, dass Sie mit der Archivarin verlobt waren und in letzter Zeit häufiger bei ihr auftauchten. Wir wissen sogar noch mehr. Darüber möchte ich aber im Augenblick noch schweigen. Aber schauen Sie, heute ist ein Gentest in kürzester Zeit zu machen. Und der wird uns unfehlbar darüber Auskunft geben, ob Sie uns in diesem Punkt eine zutreffende Auskunft gegeben haben. Es wäre also besser, Sie selbst würden gleich die Fakten zugeben, die wir mit Sicherheit auch ohne Ihr Geständnis herausbringen werden.»

«Ja, sie war von mir schwanger», gab der Pater schließlich zu und sah zu Boden.

«Zweite Testfrage: Haben Sie die Archivarin aus dem Fenster gestoßen?»

«Nein, nein, wirklich nicht!»

«Test nicht bestanden! Wir haben die gleichen Fingerabdrücke, die an Ihrem Arbeitstisch im Archivsaal waren und die von Ihnen stammen, auch am Fenster gefunden und bei der Archivarin selbst»

Das Letzte war natürlich Bluff. Denn wo sollte man an Kleidungsstücken oder auf der Haut eines Menschen Fingerspuren ausmachen können? Der Professore fiel glatt darauf herein: «Nein, es war aber nicht so, wie Sie denken!»

«Und wie war es?»

Pater Remigio sah jetzt die Ausweglosigkeit seiner Situation ein und begann zu erzählen.

Er hatte sich tatsächlich während seines Studiums an der Sorbonne in die damalige Mitstudentin Michaela Surlì verliebt; eine Verlobung folgte bald. Diese wurde aber ebenso schnell wieder gelöst. Dafür waren zwei Gründe maßgeblich: Erstens bemerkte Bertoloni die Drogenabhängigkeit seiner Verlobten, und zweitens machte er eine tiefgreifende religiöse Erfahrung, die ihn in weiter dazu veranlasste, in den Franziskanerorden einzutreten. Erst in Rom sahen sich beide wieder. Es gab ein paar Besuche, meist belangloser Art, bei denen es aber einmal («Ein einziges Mal nur!», betonte der Professore) dazu kam, dass sie zusammen schliefen. Mit schlechtem Gewissen trennte er sich am Morgen von ihr und erklärte, sie niemals wiedersehen zu wollen. Als er dann aber bei der Suche nach der chinesischen Archivalie die Archivarin im ARSI traf und beide zum Gespräch in den Garten hinausgingen, machte sich – so sagte jedenfalls Bertoloni – die Dottoressa an ihn ran, erzählte ihm, dass sie von ihm ein Kind erwarte, umarmte ihn, küsste ihn und ließ ihn nicht mehr los.

«Sie war ganz außer sich, ich glaube, sie hatte Drogen genommen, so wie sie das früher oft getan hat.»

Zugleich habe Michaela herumlamentiert, sie sei jetzt wegen des nicht mehr auffindbaren Briefes von Kaiser Kangxi in einer ganz schwierigen Situation und habe große Angst, dass sie vom Generaldirektor des Vatikanischen Geheimarchivs entlassen werde. Alles könnte aber gut werden, wenn er, Bertoloni, den beiden Scholastikern mitteilen würde, er habe sich geirrt, einen bislang unbekannten Brief von Kangxi an den Papst gäbe es doch nicht. Sie habe auch schon mit Varanone gesprochen. Pater Giulio wollte ihr helfen, «Spielmaterial» anzufertigen, das heißt: er wollte ihr einige wenig bekannte, an den Papst gerichtete Briefe aus dieser Zeit zum Kopieren geben, und zwar zum farbigen Kopieren auf jahrhundertealtem Papier, das Pater Giulio vor Jahren als leere Seiten im Anhang eines alten Dokuments gefunden und seitdem aufbewahrt hatte. Sie, die Archivarin, habe früher auch Kurse für die Restaurierung von Handschriften besucht und könne darum auf diese Kopien noch einige alt aussehende Notizen anbringen und schließlich einen früheren, heute außer Gebrauch gestellten «Exlibris-Stempel» des Vatikanischen Archivs darauf setzen. So würde die Kopie ganz echt aussehen.

Zunächst wollte der Professore nichts von all dem glauben. Er glaubte nicht, dass der Direktor der Jesuiten-Archivs einer solchen Fälschung zustimmen, ja sie sogar unterstützen würde; er glaubte nicht, dass ohne die Fälschung die Gefahr einer Entlassung der Archivarin drohte;

er glaubte nicht, dass der Generalsekretär des Vatikanischen Geheimarchivs – im Gegensatz zu den unerfahrenen Scholastikern – die Kopie für echt halten würde. Aber die Dottoressa widersprach ihm in all diesen Punkten heftig und durchaus mit guten Argumenten: Sie habe schon die feste Zusage von Pater Varanone, und Dr. Dotolo verstehe von alten Dokumenten rein gar nichts. Bei all dem war sie ganz offensichtlich von panischer Angst getrieben.

An dieser Stelle seines Berichts unterbrach ihn der Questore. «Sagen Sie, wie haben Sie denn auf die Schwangerschaft der Dottoressa reagiert und wie haben Sie reagiert auf ihre Bitte, den beiden Studenten eine falsche Auskunft über die Archivalie zu geben?»

Pater Remigio druckste herum und rang nach Worten. «Vorsorglich» warf Bustamante dazwischen: «Nun erzählen Sie mir bloß keine Märchen, sondern das, was wirklich der Fall war!»

«Nun ja, als sie mir das von der Schwangerschaft sagte, war ich ganz entsetzt und, und… also, ich rief ohne großes Nachdenken, es kam einfach spontan so aus mir heraus: ‹Lass es wegmachen!›»

Der Questore unterbrach ihn: «Sie haben als katholischer Priester, Theologe und Franziskaner wirklich gesagt: ‹Lass es wegmachen!›?»

«Was sollte ich denn tun?», entgegnete Bertoloni verzweifelt. «Ich habe es ihr auch sofort erklärt: ‹Wenn du ein uneheliches Kind bekommst, ist deine Karriere zu Ende; denn der Vatikan wird dich sicher feuern. Seit der Apostolischen Konstitution ‹Pastor bonus› von 1988 ist die Verpflichtung auf einwandfreies Verhalten Teil jedes Vatikanischen Dienstvertrages. Und auch meine Karriere wäre zu Ende. Ich müsste meine Professur aufgeben, und der Orden wird wohl kaum Alimente zahlen. Und dann stehen wir beide da, ohne Boden unter den Füßen zu haben und ohne zu wissen, wie es weitergehen soll!› Und im Übrigen ist Abtreibung in den ersten Wochen für mich auch kein Mord. Ich war immer schon, nicht erst jetzt, *immer schon* ein Anhänger der Lehre des hl. Thomas von der sukzessiven Beseelung des Embryos: Erst ziemlich spät, am 40. bzw. 90. Tag, wird der Embryo durch den Empfang der Geistseele zum Menschen.»

«So ein Blödsinn!», konnte Bustamante sich nicht enthalten, dazwischenzuwerfen. «Die Basis dieser thomanischen Lehre ist doch die völlig überholte Biologie des Aristoteles, und zudem haben Sie Thomas von Aquin selbst nochmals völlig falsch verstanden, wie so viele andere auch. Thomas hat nicht gemeint, dass da am Anfang im Bauch der Mutter nur ein, ein … (er wurde jetzt ironisch) ‹Blümchen› wäre, dann sukzessiv ein ‹Tierlein› und dann erst ein ‹Menschling›. Es ist von Anfang an die eine und ganze Menschenseele anwesend, die nach Thomas allerdings erst nach und nach ihre verschiedenen ‹Potenzen› wirksam werden lässt. Also, mit so billigen Argumenten kommen Sie nicht davon! – Aber erzählen Sie jetzt erst mal weiter, wie sich die Dottoressa verhalten hat!»

«Sie hat getobt, geweint und mich wieder zu umarmen und zu küssen versucht. Und gesagt, dass sie einer Abtreibung nie zustimmen werde.»

Dann aber kam es – wie der Professor weiter berichtete – zu einem gewissen Stimmungsumschwung. Sie habe gesagt: «Wenn du die beiden Studenten dazu veranlasst, dass sie Ruhe geben und nicht mehr nach dem Brief forschen und fragen, und wenn du mir jetzt bei der Herstellung von Kopien hilfst, lasse ich mir das Kind wegmachen. Aber du musst dafür vor Gott die Verantwortung übernehmen! Schließlich bist du Priester und Theologe …»

Bertoloni stimmte zu. Nach dem Zwischenfall mit den beiden Scholastikern gingen sie ins Archiv zurück und machten sich an die Arbeit. Der Professor kam aus dem Staunen nicht heraus, als Pater Varanone tatsächlich Archivalien und sehr altes, leeres Papier herbeibrachte und ihnen sogar den Schlüssel des Archivs überließ, damit sie die Möglichkeit hatten, nach dessen Schließung an einer Fälschung weiterzuarbeiten.

«Ich konnte es nicht fassen und kann es auch heute noch nicht fassen, was da mit dem Archivdirektor los war. So was ist eigentlich absolut undenkbar: einen solchen Schlüssel, der wichtigste und wertvollste Bestände hütet, Außenstehenden, auch wenn man sie kennt, zu überlassen!»

Dann erzählte er weiter: Als man schließlich nachts gegen zehn Uhr fertig war, setzte sich Michaela Surlì auf die Metallschiene eines der im oberen Teil geöffneten Fensters und rauchte schweigend eine Zigarette. Immer noch stand sie merklich unter Drogeneinfluss. Als sie die Zigarette zu Ende geraucht hatte, sagte sie in entschiedenem Ton: «Ich kann und will mein Kind nicht abtreiben! Ich kann es nicht und will es nicht!» Er sei dann auf sie zugegangen, habe sie freundschaftlich an den Oberarmen gegriffen, während sie weiterhin auf dem Unterteil des Fensters saß und sich mit den Händen an der Metallsprosse festhielt. Er habe Michaela ganz wenig und ganz, ganz sanft hin- und hergeschüttelt, nein, eher gewiegt als geschüttelt, wie man es wohl unter Freunden tut, und ihr dabei fast bettelnd gesagt: «Das darfst du mir, das darfst du uns nicht antun!» Da habe sie plötzlich ihre Hände von der

Fensterschiene genommen und sich nach hinten runterfallen lassen.

«Es war wirklich so! Es war von mir nicht beabsichtigt. Ich bin nicht einmal sicher, ob mein sanftes Schütteln die Ursache ihres Sturzes war. Ich hatte eher den Eindruck, sie *wollte* fallen, sie hatte es darauf angelegt. Ich war völlig perplex und geriet in Panik, ich ergriff ganz schnell die schon zusammengepackten Kopien, nahm den Schlüssel und lief schleunigst davon.»

«Und dann haben Sie draußen den Kopf der Dottoressa nochmals mit Wucht auf den Steinboden geschlagen, damit sie auch wirklich tot sei?!»

«Nein!», schrie Bertoloni. «Ich bin sofort weggelaufen, ohne überhaupt einen Blick auf sie zu werfen, sofort.»

«Aber ihr Kopf wurde noch einmal, vielleicht sogar zweimal, bis zur völligen Fraktur der Schädeldecke auf den Boden geschleudert.»

«Davon weiß ich nichts, das war sicher nicht ich. Ich bin sofort, sofort, direttamente weggelaufen.»

Bertoloni schwieg, ganz erschöpft von seinem Geständnis; auch Bustamante schwieg einen Augenblick betroffen.

«Nehmen wir an, es sei so gewesen: dann haben Sie immer noch die Straftat der unterlassenen Hilfeleistung begangen. Denn die Dottoressa hat noch gelebt. Sie hätten sie retten können und sind demnach mindestens mitschuldig an ihrem Tod.»

Bertoloni schwieg noch immer. Da gingen Bustamante mal wieder die Pferde durch, und er sagte in schneidendem Ton:

«Professore, da haben Sie, wie ich vernommen habe, eine wunderschöne Semesterabschluss-Vorlesung gehalten über ‹Christentum als Nichtanpassung›; Sie haben gesprochen über das Schriftwort ‹Passt euch der Welt nicht an!› und haben erklärt:‹Anpassung ist satanisch!› Ja, Sie haben angeblich gesagt: ‹Der Ritenstreit steht im Grunde für nichts anderes als für das Satanswerk der Anpassung!› Aber wie haben Sie gehandelt?

Sie haben erstens zur Abtreibung aufgefordert! Dabei war es von Anfang an eines der unterscheidenden Merkmale der Christen im Gegensatz zur heidnischen Umwelt, dass sie sich eben nicht angepasst und abgetrieben haben. Zweitens: Sie haben trotz Ihres Ordensgelübdes sexuelle Beziehung unterhalten. Sie haben drittens, viertens und fünftens gelogen und betrogen und andere, nämlich zwei Ihrer Studenten, zum Betrug eingeladen. Sie haben sechstens Dokumente gefälscht und siebtens jemanden ermordet, bzw. waren, wenn Ihre Aussage zutreffen sollte, wenigstens an einem Totschlag mitbeteiligt und haben sich achtens der unterlassenen Hilfeleistung schuldig gemacht. Wenn all das nicht ein Maximum an Anpassung an die Bosheit dieser Welt ist, dann fresse ich 'nen Stiel und 'nen Besen und noch 'ne Putzfrau dazu ...»

So lustig und locker diese Redewendung an sich war, aus dem Mund des Questore klang sie todernst und voll verachtendem Sarkasmus. Man merkte, wie sehr ihn das Geschehene aufbrachte.

Schon während der letzten Sätze war Commissario Luccio Rossi, der hinter dem Rücken des Delinquenten saß und dem Verhör stumm, aber genau gefolgt war, aufgestanden und hatte Bu-Bu beschwichtigende Zeichen gegeben.

«Ja, ja», beruhigte sich der Questore, «ich habe einen Mord aufzuklären und bin kein Sittenrichter. Entschuldigen Sie! Aber gelegentlich kann ich nicht an mich halten, wenn ich sehe, wie da ein krasser Widerspruch zwischen frommen Worten und ruchlosen Taten besteht. Professore, wir werden Sie jedenfalls hierbehalten müssen, genauer: wir werden Sie an die römische Squadra omicidi überstellen. In der Untersuchungshaft können Sie sich dann ja ‹anpassen›, davon verstehen Sie ja was, anpassen an eine sehr einfache Zelle und an eine nicht sehr attraktive Tagesordnung. Und vielleicht denken Sie mal neu über ‹Anpassung› nach. Das ist nämlich eine höchst komplexe Sache und nicht so einfach, wie Sie es sich damit machen. Anpassung ist eine nicht risikolose Gratwanderung zwischen der Treue zur eigenen Identität und der Bereitschaft, diese Identität einer neuen Situation auszusetzen und zwar so, dass das Eigene, an dem man unbedingt festhält, wirklich ‹heutig› werden kann. Das war genau die Grundeinstellung des Konzilpapstes Johannes XXIII. mit seinem Stichwort ‹aggiornamento›.

Während Sie also darüber nachdenken können, werden wir die Stimmigkeit Ihrer Aussagen abzuklären haben. Sollten diese zutreffen, können Sie vielleicht aus der Untersuchungshaft entlassen werden, und man wird Ihnen dann auf freiem Fuß den Prozess wegen unterlassener Hilfeleistung machen. Und das gleiche Gericht wird auch die näheren Umstände des Fenstersturzes von Frau Surlì und Ihrer Beteiligung daran zu klären haben. – Luccio, veranlasse bitte das Weitere und geh bitte heute noch am Franziskanerkloster vorbei, um Pater Gaetano Buonaiuti Bescheid zu geben und für den Pater Remigio einige Toilettenartikel und Wäsche für die nächsten Tage zu holen.»

Und an Bertoloni gewandt: «Professore, ich möchte nicht in Ihrer Haut stecken. Aber manchmal – und das soll kein billiger Trost sein – manchmal können solche dunklen

Tiefpunkte im Leben auch der Anfang für etwas Neues sein. Die Mitte der Nacht ist, wie das Sprichwort sagt, der Anfang des neuen Tages. Arrivederci!»

Bustamante hatte schon die Türklinke in der Hand, da blieb er nochmals stehen und fragte:

«Da fällt mir gerade ein: Ich hab' da noch einiges vergessen zu fragen: Was hat es eigentlich mit diesem bisher unveröffentlichten und verschwundenen Brief des Kaisers Kangxi auf sich? Haben Sie eine Ahnung, was da eigentlich an Besonderem drinsteht?»

Bertoloni, der einen völlig zusammengefallenen Eindruck machte, zuckte mit den Achseln: «Ich weiß nur, dass zur Zeit unseres Studiums dieser Brief mit noch einer Reihe anderer Dokumente, die aus dem Vatikanischen Geheimarchiv verloren gegangen waren, bei einem Pariser Antiquar auftauchten und zum Verkauf standen. Soweit ich mich erinnere, haben damals sowohl das Vatikanische Geheimarchiv wie auch das ARSI darum gewetteifert, diesen Brief zu erwerben. Sie haben sich sogar gegenseitig in der Kaufsumme überboten. Deswegen muss der Brief sehr wichtig sein. Ich kenne seinen Inhalt nicht, nehme aber an, dass es darin um die gleiche Thematik geht wie im bereits bekannten Brief des Kaisers an den Papst: nämlich um die Bewertung der sogenannten ‹Riten›. Ich hätte mir gewünscht, dass die beiden Studenten diesen Brief hätten bearbeiten können. Jetzt aber ...»

Der Professore sank wieder in sich zusammen.

«Woher kannten Sie denn die Archivnummer des verschwundenen Briefes? Sie haben die ja Ihren Studenten weitergegeben.»

«Ganz einfach! Ich weiß, dass man bei Auftauchen eines

neuen Dokuments, das sachlich zu bereits archiviertem Material gehört, dieser neuen Archivalie allermeistens die gleiche Nummer, nur mit dem Suffix ‹a›, ‹b›, ‹c› usw., manchmal auch ‹i›, ‹ii›, ‹iii› usw. gibt.»

«Und noch ein Letztes: Was haben Sie eigentlich mit dem Archivschlüssel gemacht?»

«Ich habe wohl in der ganzen Aufregung die Tür des Archivs hinter mir ins Schloss geworfen, bin dann mit dem Schlüssel durch die verschiedenen Türen der Kurie gelaufen, dann habe ich ihn in die Kanalisation geschmissen.»

«Nun, das lässt sich im Zweifel ja überprüfen.»

***

Bevor sich Bustamante auf den Weg nach Hause machte, wollte er kurz noch bei Rosalinda vorbeischauen, um sie selbst und durch sie auch die anderen Mitarbeiter am morgigen Sonntag zum Mittagessen in den «Giardino di Albino» einzuladen. Aber bei der Sekretärin wartete schon seit geraumer Zeit sein Assistent Marco Ronconi, um ihm die letzten Neuigkeiten mitzuteilen.

Zunächst hatte Marco noch am Morgen in Zusammenarbeit mit Luccio herausgebracht, wo die chinesische «Handelsdelegation» untergebracht war: Es war ein sehr einfaches Hotel, das aber den überzogenen Namen «Albergo internazionale» trug, auf der Via Salaria, unweit der Via Bruxelles, wo sich übrigens auch die Chinesische Botschaft befand. Die drei Männer wohnten noch immer dort. Was sie dort taten? Das war nicht klar. Offenbar waren sie jedoch nicht nur und nicht in erster Linie als Überwacher der chinesischen Bischöfe eingesetzt, denn die Bischöfe machten sich seit ein paar Tagen völlig unbehelligt auf den Weg. Auch die Bischöfe waren also aus ihrem römischen Quartier im Vatikanstaat, dem Hospiz Santa Marta, noch nicht abgereist.

Nach dem Mittagessen war Marco dann zur Jesuitenkurie gegangen, um mit dem letzten noch nicht befragten Benutzer des Archivs, den er bisher nicht angetroffen hatte, zu sprechen. Als sich Pater Gu Han Song am Haustelefon nicht meldete, bat Marco um ein Gespräch mit dem Hausoberen, das heißt mit dem Oberen der etwa sechzig Personen umfassenden Hauskommunität der Curia Generalizia, Pater Joannes Khoury, einem Libanesen. Dieser war äußerst entgegenkommend und freundlich. Er erzählte Marco Folgendes: «Pater Gu Han Song ist chinesischer Jesuit und erst seit einer Woche hier in Rom. Aber kaum einer hat ihn je gesehen, weil er schon am frühen Morgen das Haus zum Italienischstudium verlässt und erst spätabends zurückkommt. Was der übrigens im Archiv wollte, und dann noch so lange Zeit, kann ich mir gar nicht vorstellen. Er muss dafür auch seine Italienischkurse geschwänzt haben. Seltsam!» Er machte sich merklich Sorgen um seinen chinesischen Mitbruder und rief sogleich bei der «Romanina» an, um zu erfragen, wann Pater Gu das letzte Mal den Sprachkurs besucht hätte. Aber – natürlich! – am Samstagnachmittag meldete sich dort niemand. Anders war es mit dem Istituto Dante. Weil am Abend noch eine literarische Veranstaltung stattfand, hielt sich dort eine Sekretärin auf, die auch sofort Bescheid wusste: «Nein, Pater Gu Han Song ist am Mittwoch das letzte Mal hier gewesen!» Das bedeutete also, dass man ihn zuletzt am Donnerstagmorgen bei der Arbeit im Archiv gesehen hatte.

Völlig ratlos ging Pater Khoury mit Marco in den sechsten Stock, klopfte am Zimmer des chinesischen Paters an und öffnete es, als sich niemand meldete, mit einem Hauptschlüssel. Und siehe! Das Zimmer war wie leergefegt: kein Gepäckstück, kein Schlafanzug, kein Toilettenartikel, nichts verriet, dass hier einmal jemand gewohnt hatte. Der Superior war ganz konsterniert und fragte, ob er wohl eine Vermisstenanzeige aufgeben müsse.

«Ich habe ihn dann gefragt, ob er sich denn sicher sei, dass Pater Gu auch wirklich Jesuit, Priester und Mitbruder sei oder ob nicht vielleicht der chinesische Geheimdienst eine ‹Ratte› eingeschleust habe, um durch ihn irgendetwas aus der Jesuitenkommunität herauszubekommen oder einen Zugang ins Archiv zu finden.»

Pater Khoury schloss diese Möglichkeit definitiv aus. Da man nämlich solche Machenschaften immer befürchtete, habe man ein «Sicherheitssystem» eingerichtet: Bevor z. B. ein Jesuit aus China kommt, wird dieser telefonisch oder per E-Mail dem Jesuitengeneral angekündigt. Wenn er dann eintrifft, muss er einen handgeschriebenen Brief des zuständigen Provinzials mit sich führen und vorweisen. Und da die Provinziale alle persönlich bekannt sind, würde man irgendwelchen Fälschungen schnell auf die Spur kommen.

«Und zudem», sagte der Superior, «habe ich gleich am ersten Tag mit Pater Gu ein sehr interessantes theologisches Gespräch geführt. Ich lud ihn nämlich ein, morgens mit einer Reihe anderer Patres die Messe zu konzelebrieren. Da explodierte er geradezu und meinte, es sei einer der wirklichen Vorzüge der nationalchinesischen Kirche, dass sie diesen konziliaren Unfug der Konzelebration nicht eingeführt habe. Schließlich stehe nach katholischem Glaubensverständnis der Priester in der Eucharistiefeier sakramental-zeichenhaft-repräsentativ für Christus. In der

Logik der Repräsentation könne aber wohl eine Vielzahl durch einen einzigen (wie zum Beispiel im Staat: die vielen Bürger durch den einen Präsidenten), nicht aber der eine durch viele repräsentiert werden. Das habe immerhin schon Thomas von Aquin eindeutig zum Ausdruck gebracht. Und dann: dieses furchtbare gemeinsame Sprechen der Wandlungsworte! Als ob das eine magische Beschwörungsformel wäre, rezitiert von einem Bardenchor! Dabei handle es sich hier doch um die höchste Form der Evangeliumsverkündigung! Wie kann man nur auf die Idee kommen, das Evangelium im Chor vorzutragen. ‹Nein, nein, nein und nochmals nein!›, habe er gesagt. ‹Das Ganze ist pervers. Letztlich dient es nur einem fragwürdigen klerikalen Standesbewusstsein, seine 'eigene' Messe haben zu wollen, ja, dafür sogar Geld zu kassieren. Man solle vielmehr, wenn man als Priester nicht gebraucht werde, wie die Laien 'konzelebrieren', das heißt: ganz schlicht und einfach wie alle andern mitfeiern.›

Ich fand diese Überlegungen sehr interessant, zumal ich selbst ja ursprünglich aus der unierten Ostkirche komme; von Haus aus bin ich Maronit. Und in der Ostkirche kennt man eine solche Form der Konzelebration, wie die nachkonziliare Westkirche sie eingeführt hat, nicht, obwohl das immer wieder fälschlich behauptet wird. In der Ostkirche spricht der zelebrierende Priester allein die Wandlungsworte, und die übrigen ‹konzelebrierenden› Priester sind zwar im Altarraum hinter der Ikonostase, aber sie führen eher verschiedene liturgische Dienste aus, als dass sie den zelebrierenden Priester gewissermaßen multiplizieren. – Nun gut, ich fand also die Auffassung von Pater Gu sehr überzeugend. Er sagte mir dann noch, dass er morgens jeweils auf dem Weg zum Italienischkurs an einer Messe in der Stadt teilnehmen werde. Jedenfalls bin ich sicher, dass kein Agent des chinesischen Geheimdienstes zu einem solchen theologischen Diskurs fähig ist.»

Marco Ronconi, der sich angesichts der angesprochenen theologischen Gedankenflüge völlig überfordert sah, lenkte schnell ab. Er schlug, wie er sagte, dem Superior vor, mit einer Vermisstenanzeige noch ein, zwei Tage zu warten, der Dienststelle Bustamante aber sofort Bescheid zu geben, wenn Pater Gu Han Song vorher wieder auftauchen sollte.

«Ach, dann sagte mir der Superior noch, dass es Pater Giulio Varanone wider alles Erwarten relativ gut gehe. Vielleicht könnte man schon morgen oder spätestens übermorgen einige Minuten mit ihm sprechen. Ich habe dann sofort die Klinik angerufen, dass die auch uns sofort verständigen, wenn der Pater vernehmungsfähig ist. Ich habe ihnen deine Handynummer gegeben.»

«Va bene, va bene, gut gemacht, Marco!», sagte der Questore. «Aber jetzt ab nach Hause! Wir sehen uns dann morgen Mittag im ‹Giardino› wieder!»

Nach all den Verhören, die dem Questore stets das Letzte an Aufmerksamkeit und geistigem Verarbeitungsvermögen abverlangten, und nach den vielen Informationen, die da auf ihn eingeströmt waren, brauchte er jetzt Abstand. Er ging zu Fuß nach Hause und machte dabei den Umweg über die von ihm überaus geliebte Piazza Navona, dann vorbei am Pantheon und an der Kirche Al Gesù (kurzes Gedenken an die Jesuiten, deren Gründer, Ignatius von Loyola, hier begraben liegt). Dann hatte er schon das grässliche Nationaldenkmal, den «Altar des Vaterlandes», vor Augen und konnte bald in die Via delle Botteghe oscure abbiegen. Diesmal hatte er einfach keine Lust mehr zu kochen. Ein bisschen mit Meister Jakob schäkern, dann ein Stück Brot, ein wenig Käse und einen Schluck vom guten Orvieto bianco classico und dann schlafen, nur schlafen, nichts als schlafen …

VIERTES KAPITEL

Die Nebel lichten sich

Bu-Bu hatte Probleme mit dem Sonntag. Befragte man ihn hart auf hart, konnte es sein, dass er sarkastisch antwortete: Ich hasse Sonntage! Obwohl es dann doch gelegentlich einige sonntägliche Ruhetage gab, die ihn voll zufriedenstellten. Der Grund für dieses ambivalente Verhältnis war wohl seine Einsamkeit. Er hatte weder Familie noch nähere Angehörige. Zwar besaß er viele Freunde, doch keinen Freund. Eben dieses sein Alleinsein verspürte er an Sonntagen besonders intensiv; er verbrachte sie fast immer zurückgezogen für sich mit Lesen, Musizieren (er spielte einige Instrumente leidlich gut), Musikhören, Computerspielen (besonders Schach), vor allem aber mit Wandern.

Früher hatte er häufig den Sonntag für den Besuch von Denkmälern und Kirchen, Museen und Parks, an denen Rom so reich ist, vorgesehen. Wenn er aber bei dieser Gelegenheit sah, wie Familien mit ihren Kindern einen Sonntagsspaziergang machten, oder – noch schlimmer! – wenn er den vielen Leuten, die zum Kirchgang unterwegs waren, begegnete, fühlte er sich selbst schmerzlich ausgeschlossen, ausgeschlossen vom wirklichen Leben, von einer tragenden Gemeinschaft, von einer letzten Sinnerfüllung …

Deswegen hatte er sich in den vergangenen Jahren angewöhnt, mit dem eigenen Auto oder mit öffentlichen Verkehrsmitteln ein Stück weit Richtung Abruzzen zu fahren und dann den ganzen Tag auf einsamen Wegen zu wandern oder mittelhohe Berge zu ersteigen. Solche Wanderungen pflegte er dann abends mit einem «zufriedenstellenden» (in Wirklichkeit hieß das «exzellenten») Mahl abzuschließen. Das tat ihm gut, und das fegte auch den Kopf rein, so dass er die besten Ideen zur Lösung schwieriger Fälle meist von solchen Wanderungen mitbrachte.

Für den heutigen Sonntag hatte Bustamante keine Tour geplant; er blieb lieber in Rom. Denn so konnte er, wenn Pater Giulio Varanone heute schon vernehmungsfähig werden sollte, gleich bereitstehen. Zudem wollte er sich bei seinen Mitarbeitern für ihre alles andere als selbstverständliche Samstagsarbeit bedanken. Und er tat das, wie so häufig, indem er sie zu einem guten Essen einlud. Da aber Steve noch in Paris war, blieb von den Gourmets seiner Dienststelle – außer Bu-Bu selbst – allein Marco übrig. Zwar ließen sich auch die anderen, Rosalinda und Luccio, gern in ein Restaurant einladen, waren aber ausgesprochene Gourmands, denen es weniger auf Qualität als auf Quantität ankam. Deshalb lud er heute auch nicht, wie gewöhnlich, zur Cena (Abendessen) ein, bei der in den meisten Restaurants die Karte reichhaltiger und die Küche raffinierter war, sondern zum Pranzo (Mittagessen). Er hatte dafür ein Lokal ausgesucht, das ein gutes Mittelmaß zwischen Quantität und Qualität hielt, bei dem das Preis-Leistungs-Verhältnis absolut stimmig und der Service ausgezeichnet war: «Al Giardino di Albino», auf der kleinen Via Zucchelli, zwischen Largo del Tritone und Spanischer Treppe gelegen. Spezialität: Speisen und Weine aus Sardinien. Rosalinda hatte gestern Abend noch einen Tisch bestellt. So konnte nichts mehr schiefgehen.

Bu-Bu machte sich nach einem ausgiebigen (und deshalb für einen Italiener ungewöhnlichen) Frühstück schon gegen neun auf den Weg. Die letzten Reste von Frühnebel waren soeben dabei, zu entweichen, und ein herrlicher Frühsommertag begann: Die Sonne lachte freundlich vom nur wenig bewölkten Himmel, die Luft war lind und wurde nur von einer ganz leichten Brise in Bewegung gehalten. Weil es kaum Verkehr gab, konnte man endlich mal wieder die Vögel singen und die schönen römischen Brunnen leise murmeln hören. Auch von Fußgängern waren die Straßen noch weithin leer, nicht einmal die Gottesdienstbesucher waren schon zu den inzwischen auch in Rom üblichen, späten Messen aufgebrochen. Alles atmete Heiterkeit. Selbst die schäbigen, braun getünchten Außenwände so vieler alter Palazzi reflektierten den Glanz goldenen Sonnenlichts. Deshalb nahm Bustamante sich vor: Heute denke ich nicht an die Dottoressa, Bertoloni, das verlorengegangene Dokument und all die anderen offenen Fragen. Heute will ich meine Ruhe haben!

An der «Fontana della Barcaccia», einem Hauptwerk Berninis, angekommen, entschloss sich Bustamante, nach langer Zeit mal wieder die ungewohnt menschenleere und tiefe Stille ausstrahlende Spanische Treppe hinaufzugehen. Ein kurzer Halt an der die Scalinata beherrschenden Kirche «Trinità dei Monti», jahrhundertelang Sitz und Generalat der «Englischen Fräulein», die mittlerweile, weil selbst ohne Nachwuchs, Kloster und Kirche den «Jerusalem-Gemeinschaften» überlassen hatten. Der Questore, der diese neue geistliche Bewegung von Paris her kannte, schätzte sie ungemein, ganz einfach deshalb, weil sie im Unterschied zu so vielen anderen kirchlichen Orden und Gemeinschaften «glaubwürdig» war. Ihre Mitglieder lebten wirklich das, was sie zu leben vorgaben: «das Evangelium». Dazu feierten sie eine umwerfend schöne, gesungene Liturgie.

Aber nein!, er wollte jetzt nicht in die Kirche gehen und sich durch eine ästhetisch überwältigende Liturgie innerlich «überrumpeln» lassen, beschloss er bei sich und ging weiter zur herrlich restaurierten Villa Medici aus dem 16. Jahrhundert, die im Verhältnis zu den übrigen römischen Palazzi wohl das aufregendste Panorama auf Rom zu bieten hatte. Da der Garten der Villa nur einmal in der Woche, just am Sonntagvormittag, für das Publikum zugänglich war und jetzt gerade geöffnet wurde, ging Bustamante hinein und ließ die strenge Geometrie einer Gartenanlage im typisch französischen Stil auf sich wirken. Dabei kam ihm spontan das Wort Pascals vom «esprit de la géometrie» (geometrischer Geist) im Gegensatz zum «esprit de la finesse» (feiner, sensibler Geist) in den Sinn. Nein, er zog doch mit Pascal lieber Letzteren vor: Diese geometrische Gartenanlage strahlte Kälte, Abstraktion, Tod aus... Dann ging er noch ein paar Schritte weiter auf den Monte Pincio, stieg wieder hinab zur Porta del Popolo, jahrhundelang Ankunftsort der deutschen Kaiser, Heere und Pilger, die von hier aus über den Corso ihren Einzug in Rom hielten, und dann war es schon Zeit, sich allmählich auf den Weg zum Restaurant zu machen. Dort wurde er vom Padrone und den zahlreichen Kellnern herzlichst begrüßt. Wer in der römischen Gastronomie kannte, liebte und fürchtete den Questore nicht!

Als seine Mitarbeiter eintrafen, erklärte er ihnen in einem Ton, der keinen Widerspruch duldete: «Liebe Leut', kein Wort über den Fall, den wir gerade bearbeiten. Heute will ich meine Ruhe haben, und wir wollen jetzt mal gut miteinander speisen!»

Weil seine Gäste zum ersten Mal in diesem Lokal waren, gab er einige Kommentare für sie ab: «Absolut empfehlenswert ist hier der ‹Antipasto della casa›. Der beinhaltet jede Menge von gebratenen bzw. gegrillten Pomodori, Melanzani, Zucchini, Peperoni; und all das nicht etwa zusammen auf einen Teller geknallt, sondern so, dass die Kellner nacheinander pausenlos und ohne Einschränkung diese Herrlichkeiten anbieten. Dazu gibt es nicht nur Oliven, Gurken, Zwiebeln, Peperoncini usw., Brot sowieso, sondern – und das ist das Tollste – es wird ein ganzer, hoch gefüllter, sehr hoch gefüllter Korb auf den Tisch gestellt mit den verschiedensten, köstlichsten Salami- und Schinkensorten, von denen jeder Gast sich selbst nach Belieben so viel abschneiden kann, wie er nur will. Und der Korb bleibt dann auch – Rosalinda, hörst du!? –, er bleibt auf dem Tisch stehen. Wer von diesem Antipasto nicht völlig satt wird, dem ist nicht mehr zu helfen!»

Genau das war's ja, was Rosalinda und Luccio vor allem suchten. Sie mampften nur so in sich hinein und fanden es herrlich, einfach herrlich. Dazu Wein aus Sardinien. «Nicht schlecht!», befand Bu-Bu, «aber nicht kalt genug.»

Mitten in den Antipasto platzte Steve Hopkins hinein. Er kam stante pede vom Aeroporto Fiumicino. Der Questore hatte ihm auf seiner Mailbox die Nachricht hinterlassen, er möge doch noch zu ihnen stoßen, wenn er rechtzeitig aus Paris zurückkäme; bis ungefähr drei Uhr nachmittags wären sie sicher im «Giardino». Das hatte der Commissario sich natürlich nicht zweimal sagen lassen.

Nach einer kleinen Erholungspause und einem Aperitivo für Steve konnte der Questore nicht an sich halten: «Ich hab' zwar eben verboten, heute über unsern Fall zu sprechen, aber jetzt müssen wir doch für fünf Minuten eine kleine Ausnahme machen: Was hast du, Steve, in Paris noch an Wichtigem oder Interessantem herausbekommen?»

«Eigentlich nicht mehr viel! Aber vorweg: Ich soll dich, Bu-Bu, herzlich grüßen. Von wem, wirst du kaum erraten. Als ich mich bei der Zentrale der Police judiciaire in Paris meldete, traf ich dort die Kommissarin Tanja Schmidt aus Mainz, die du mal über den Hauptkommissar Arne Dietrich kennengelernt hast. Sie haben einen Mordfall zu bearbeiten, dessen Spuren bis nach Paris reichen. Beide erinnern sich gern an dich. Dann aber: Das Aufregendste war sicher die Information über die Verlobung der Dottoressa mit Professor Bertoloni. Interessant waren auch die Aussagen von ein paar ehemaligen Mitstudenten, dass es Michaela Surlì immer an Geld fehlte, weil sie als ‹drogata› immer neuen ‹Stoff› brauchte. Sie hat sich darum für alle möglichen Arbeiten ‹verdingt›, als Putzhilfe, Nachtschwester im Krankenhaus, Aushilfskassiererin im Supermarkt usw. Deshalb brauchte sie auch über die Regelzeit hinaus noch vier weitere Semester, um ihr Studium der Geschichte, Sinologie und Archivwissenschaft abzuschließen.»

«Hast du irgendwas herausgebracht über das Briefdokument, das da vom Vatikanischen Geheimarchiv gekauft wurde und jetzt verlorengegangen ist?»

«Nun, ich war bei dem Antiquar, der es verkauft hat. Er erzählte mir, dass er damals eine ganze Reihe von Dokumenten aus dem von Napoleon nach Paris verschleppten Vatikanischen Geheimarchiv zum Verkauf anbieten konnte. Er habe damals allen wissenschaftlichen Institutionen in Frankreich und Italien eine Verkaufsliste mit diesen Archivalien zugesandt. Darin habe er für diesen Brief aus dem 17. Jahrhundert 2.500 US-Dollar verlangt. Das entspreche so in etwa dem Marktwert von Dokumenten aus dieser Zeit.

Damals habe sehr schnell der ehemalige Kirchengeschichtsprofessor am Institut Catholique, Pater Varanone, sich den Brief gründlich angeschaut, daraufhin äußerst großes Interesse gezeigt, ihn aber nur für sich reservieren lassen, da er erst noch Rücksprache mit der Ordensleitung in Rom halten müsse. In der Zwischenzeit kam aber der damalige Generalsekretär des Vatikanischen Geheimarchivs, Cavalliere Francesco Ercole, und wollte um jeden Preis die Archivalie, die ja ursprünglich aus dem Vatikanischen Archiv stammte, zurückkaufen. Er bot 3000 US-Dollar. ‹Nun, was sollte ich denn machen?›, habe der Antiquar gesagt. ‹Ich habe eingewilligt und wollte zu diesem Preis den Brief schon an Ercole verkaufen, da kam im letzten Moment Varanone wieder vorbei, war entsetzt und bot 4000 US-Dollar. Darauf setzte auch der Cavalliere noch einen drauf und bot 5000 US-Dollar, im Grunde viel zu viel für das alte Stück Papier. Varanone aber war stinksauer und beschwor mich bei Gott und der Heiligen Jungfrau, doch ihm das Ding zu überlassen, es sei ganz, ganz wichtig für den Jesuitenorden. Aber mehr als 4000 US-Dollar könne er nicht bieten. Nun, was sollte ich machen? Schließlich habe ich eine Familie zu ernähren. Also habe ich an Cavalliere Ercole verkauft.›

Ich fragte den Antiquar noch, ob er denn wisse, was in diesem Brief stehe. Er wusste es nicht, weil er des Chinesischen nicht mächtig sei. Er habe nur gehört, dass es sich um den Brief eines Kaisers aus der Qing-Dynastie an den Papst handle.»

«Wunderbar! Bravo, bravissimo!», sagte Bustamante. «Und jetzt wird fröhlich weitergegessen.»

Zwar waren schon fast alle vom Antipasto satt, aber zum Sonntagsessen gehörte nun mal die Fortsetzung des Pranzo «unbedingt» dazu. Bustamante empfahl die «Pasta mista con specialità sarde» (eine Mischung von verschiedenen Sorten Pasta mit Spezialitäten aus Sardinien). «Die Pasta ist zwar nicht ganz exzellent, aber viel, viel besser als die meisten anderen, die man hier in römischen Lokalen bekommt. Vor allem erhält man dabei vier verschiedene Sorten mit zum Teil ungewöhnlichem Geschmack. Hervorragend davon ist allerdings nur der ‹Risotto sardo›, vielleicht der beste Risotto hier in Rom.»

Weil jeder wusste, dass Bu-Bus Geschmack unübertreffbar und unbestechlich war, folgten alle seiner Empfehlung. Und niemand bedauerte es nach getaner «Arbeit». Aber jetzt war wirklich für alle – mit Ausnahme von Rosalinda – die Kapazitätsgrenze erreicht. Es hatte den Anschein, dass die «Truppe» streiken wollte.

«Naaaaa! Machen wir eine kleine Pause! Wir haben ja Zeit genug. Trinken wir eine Grappa, wechseln wir den Wein, dann geht's schon weiter. Und im Übrigen ist die ‹seconda portata› hier nicht sehr üppig, nicht einmal besonders gut. Aber gewissermaßen wie das ‹Sahnehäubchen› auf dem Kaffee unerlässlich!», bemerkte der Questore.

Jeder bestellte sich etwas nach seinem Gusto. Der Questore fand von früheren Besuchen her die Saltimbocca einigermaßen akzeptabel.

Und der Nachtisch? «Also, die verschiedenen sardischen Dolci sind nicht nach meinem Geschmack. Richtig gut ist nur das Tiramisu, das gibt es zu allem Überfluss noch in Riesenportionen. Aber ich nehme es trotzdem nicht. Man weiß nie, ob die verarbeiteten Eier von glücklichen Hühnern stammen oder von solchen, die die Teutonen ‹KZ-Hühner› nennen. Ich nehme nur noch einen doppio espresso.»

Alle, wieder mit Ausnahme von Rosalinda, die sich noch eine große Portion Tiramisu bestellte, schlossen sich ihm an. Und dann gab's noch «digestivo», natürlich vom Restaurant spendiert, drei verschiedene Sorten, jeweils in rauen Mengen. Eben das gefiel Bu-Bu am «Giardino»: das hinreichend gute Essen, die vorzügliche Bedienung und die Großzügigkeit bei den Portionen. «Nur der Weißwein war zu wenig kalt, der Rotwein zu wenig temperiert.» Die Höhe des Trinkgelds aber zeigte, dass Bu-Bu diese gelinde Kritik als nicht sehr gewichtig einstufte.

«Wir treffen uns morgen erst gegen zehn auf der Dienststelle. Ich muss vorher noch einiges andere erledigen. Und dann sehen wir weiter!»

Es war nach diesem «Pranzone» schon nach halb vier, als der Questore, ganz benommen vom guten Essen und einem nicht geringen Alkoholkonsum, nach Hause kam. Jetzt war vor allem anderen eine «Pontifikal-Siesta» fällig. Hoffentlich würde die nicht durch einen Anruf aus der Klinik zunichtegemacht! Aber genau das geschah: Kaum hatte Bustamante sich aufs Sofa geworfen, da war gegen vier Uhr der diensttuende Arzt, Dr. Carlo Caroli, am Telefon: Man könne zwar aus medizinischer Sicht mit Pater Varanone einige Minuten sprechen, aber als er dies dem Patienten angekündigt habe, sei dieser ganz außer sich geraten und habe dezidiert gesagt: «Erst will ich mit Pater General sprechen. Ohne Pater General sage ich kein einziges Wort. Und wenn Sie mich umbringen: ohne Pater General kein einziges Wort!»

Bustamante seufzte leise: Das Leben bestand bloß aus Schwierigkeiten, aus lauter Schwierigkeiten, lächerlichen, kleinen, mittleren und großen, aber immer Schwierigkeiten! Und laut: «Dottore, ich nehme die Benachrichtigung des Jesuitengenerals selbst in die Hand. Wie spät können wir denn noch zur Klinik kommen?»

«Sagen wir: bis ungefähr acht Uhr abends!»

Der sofortige Anruf bei der Jesuitenkurie landete beim Privatsekretär des Jesuitengenerals. Dieser teilte ihm mit, Pater General habe Besuch aus Übersee und sei deshalb noch bis kurz vor oder kurz nach der Cena in Anspruch genommen. «Aber kommen Sie doch zu uns zum Abendessen. Es ist am Sonntag schon relativ früh, um sechs, weil anschließend gemeinsame Rekreation ist. Entweder treffen Sie den General schon beim Abendessen oder spätestens unmittelbar danach!»

Der Questore nahm die Einladung dankbar an. Da würde er also mal ins «Allerheiligste» dieses vielleicht einflussreichsten Ordens der katholischen Kirche Einblick nehmen können. Als er kurz vor sechs am Borgo Santo Spirito ankam, erwartete ihn der Hausobere schon. Pater Joannes Khoury war tatsächlich, wie schon von Marco charakterisiert, ein freundlicher, ja herzlicher Mensch. Er teilte ihm auf seine Nachfrage hin auch sogleich mit, dass man weiterhin von Pater Gu nichts gesehen und gehört hatte.

«Ist es eigentlich das erste Mal, dass da plötzlich Patres verschwinden?», fragte der Questore.

«Nein, aber bisher haben wir es nur zweimal erlebt. Doch diese beiden Patres aus Entwicklungsländern hielten sich zuvor schon etwas länger in Rom auf. Sie waren vom Lebensstil der westlichen Welt so fasziniert, dass sie einen

Asylantrag stellten und den Orden verließen. Ich kann mir aber beim besten Willen nicht vorstellen, dass wir mit so etwas auch bei Pater Gu rechnen müssen.»

Immerhin könnte man morgen an den für Asylfragen zuständigen Stellen mal nachhören, ob da etwas vorgefallen sei, nahm Bustamante sich vor.

Sie betraten den großen Speiseraum, in dem sich bereits ungefähr fünfzig Jesuiten eingefunden hatten. Jeweils fünf Personen saßen an sechseckigen Tischen, die unbesetzte Kante diente dem Abstellen der Speisen. Fünf – eine gruppendynamisch ideale Zahl fürs Gespräch!, kam es Bustamante in den Sinn. Ein Gebet wurde gesprochen und der Questore kurz vorgestellt. Natürlich drehte sich an seinem Tisch die Unterhaltung zunächst um die traurigen Ereignisse des vorgestrigen Tages. Dann aber gab ein Wort das andere, und man sprach über Gott und die Welt. Anregend, gescheit, geistreich, hochinteressant.

Dabei beobachtete Bu-Bu ziemlich genau die Leute um sich herum; sie gehörten den verschiedensten Nationen an, waren fast alle in der hochkomplexen Leitung eines der traditionsreichsten, größten und weltweit verbreitetsten Orden tätig, aber jeder von ihnen gab sich im besten Sinne des Wortes «einfach»: in der Kleidung schlicht und unklerikal, im Umgang unkompliziert und herzlich, in der Selbstdarstellung ohne jene hierarchische Hochstapelei, wie er sie so oft im Vatikan kennengelernt hatte. Von diesen Leuten hier sollten sich die «päpstlichen Hofschranzen» mal was abschneiden, dachte er bei sich.

Allerdings entsann er sich auch eines Wortes, das er früher mal aufgeschnappt hatte: Ein Jesuit ist entweder sehr gut oder sehr schlecht, nie aber Mittelmaß! Und weil man hierher, an die Kurie des Ordens, gewiss keine sehr schlechten Leute berief, waren sie halt alle sehr gut. Vielleicht war das der Unterschied zur Päpstlichen Kurie; dort traf man, abgesehen von einigen höheren Leitungsstellen, vor allem Mittelmaß, natürlich mit vielen rühmlichen Ausnahmen, zu denen er auch seinen Freund Msgr. Salvatore Morreni rechnete.

Der Jesuitengeneral mit Namen Pater José Maria Bólan speiste noch in einem Nachbarzimmer mit seinem Besuch, kam aber nach dem Essen sofort auf den Questore zu. Bustamante war auf den ersten Blick wie gebannt von dieser Persönlichkeit: eine große, hagere, sehr schlicht gekleidete Gestalt mit einem überaus offenen und gütigen Gesicht, in welchem Lebenserfahrung, Weisheit und Frömmigkeit unübersehbar eingeschrieben waren. Vor allem aber die Augen! Bustamante erinnerten sie spontan an das, was er vor Jahren einmal über die frühchristlichen Wüstenväter gelesen hatte: Ihr klarer, durchdringender Blick ging bis auf den Herzensgrund derjenigen, von denen sie um Rat ersucht wurden. So auch hier beim Jesuitengeneral: Es waren leuchtend-klare Augen, die den andern gütig durchdrangen und eine solche Ruhe ausstrahlten, dass man den Eindruck gewann: Hier steht jemand vor dir, der aus einer letzten Sicherheit und Geborgenheit heraus lebt und deswegen ganz in sich ruht.

Bustamante war als Pykniker nicht so leicht aus der Fassung zu bringen und schon gar nicht durch Kirchenmänner, die er meist als nicht sehr überzeugende Persönlichkeiten erlebte. Aber jetzt war es anders: Fasziniert von dieser Gestalt des Generaloberen, fühlte er sich klein, bescheiden, ja im Grunde unterlegen. Er verstand mit einem Mal, warum dieser Mann keinen äußeren Aufwand brauchte, um seine Autorität unter Beweis zu stellen und auszuüben. Gelegentlich nannte man ja den Jesuitengeneral wegen seiner Machtfülle und seines Einflusses in der Kirche wohl den «schwarzen Papst». Aber dieser «Papst» brauchte im Unterschied zu den «weißen Päpsten» keine barocke Kleiderpracht – angefangen von roten Schühchen bis hin zu oft wechselnden, phantasievollen, goldbestickten Pelerinen –, er brauchte kein byzantinisches Hofzeremoniell, keinen abgehobenen Lebensstil und keine großen, dazu noch anmaßenden Titel, wie z. B. «Heiliger Vater».

«Heiliger Vater» – das war jene Gottesanrede, die Jesus in der heiligsten Stunde seines Lebens, in den sogenannten Abschiedsreden des Johannesevangeliums, gebraucht hatte. Und man konnte ja nun zu diesem Jesus stehen, wie man wollte, es gab selbst dem «Agnostiker» Bustamante immer einen Stich ins Herz, wenn diese höchste, feierlichste Gottesanrede auf einen Menschen, den Papst, angewandt wurde. Ein anderes Ärgernis war für ihn der Titel «Oberhaupt der katholischen Kirche». Wenn Christus – wie es in der Heiligen Schrift vielmals heißt – das «Haupt» der Kirche ist, wie kann dann der Papst das «Oberhaupt» sein? Natürlich war Bustamante klar, dass beides ganz unterschiedlich gemeint war. Aber warum sagte man dann nicht auch, was man meinte? Hatte doch schon Konfutse geschrieben: «Man muss als Erstes den Sprachgebrauch verbessern. Wenn die Sprache nicht stimmt, so ist das, was gesagt wird, nicht das, was gemeint ist. Ist aber das, was gesagt ist, nicht das, was gemeint ist, so kommt das (rechte) Tun nicht zustande. … Also dulde man keine Willkür in den Worten.» Aber jetzt hatte Bu-Bu aus seinem kurzen Sinnieren aufzuwachen und sich auf die vor ihm liegende Aufgabe zu konzentrieren.

Als Erstes entschuldigte er sich beim Jesuitengeneral,

dass er in dessen Sonntagsruhe eingebrochen war, und berichtete vom dringenden Wunsch des Archivdirektors, vor jeder weiteren Aussage ihn sprechen zu müssen. «Es ist sehr wichtig, dass uns Pater Varanone bald einige Fragen beantwortet; sonst kommen wir in den Ermittlungen nicht recht weiter. Darum meine herzliche Bitte an Sie: Könnten Sie vielleicht noch heute Abend oder spätestens morgen früh in die Klinik gehen, um Ihren Pater zu besuchen und ihn nach seinen Anliegen zu befragen?»

«Natürlich gehe ich sofort. Und wenn Sie wollen, kommen Sie gleich mit, dann können wir im Anschluss an das Gespräch weiter sehen, was zu tun ist!»

Auf dem kurzen Weg zum «Ospedale del Bambino Gesù», den der «schwarze Papst» wie selbstverständlich zu Fuß zurücklegte, ohne Sicherheitskräfte oder theatralischen Aufwand, informierte ihn Bustamante kurz über den Stand der Ermittlungen und befragte ihn dann nach Pater Varanone. «Was ist das für ein Mann?»

Pater José Maria Bólan lächelte leise: «Ein sehr guter! Er liebt die Gesellschaft Jesu über alles, vielleicht sogar etwas zu viel. Er ist ein liebenswürdiger, hilfsbereiter Mitbruder, der allerdings manchmal Zeichen von Ängsten und Skrupeln zeigt. Vielleicht ist das auch jetzt wieder der Fall.»

Während die beiden Jesuiten im Zimmer des Kranken ihr Gespräch führten, wartete Bustamante in einem Besuchsraum der Klinik. Das Gespräch zog sich. Es waren schon mehr als zwanzig Minuten vergangen, als endlich der Pater General mit einem feinen Lächeln in seiner Miene zurückkam. «Sie können jetzt Pater Varanone nicht mehr sprechen; er ist ganz erschöpft. Aber er hat mir alle Vollmacht und Erlaubnis gegeben, jedes Detail des Gesprächs an sie weiterzugeben.»

Der Questore lauschte gespannt den Ausführungen des Jesuitengenerals. Zunächst bestätigten sie das, was er schon wusste: Als Pater Giulio Varanone noch Professor am Institut Catholique in Paris war, wurde eine Reihe alter Dokumente von einem Antiquar zum Kauf angeboten. Bei deren Durchsicht machte Varanone eine sensationelle Entdeckung: Unter ihnen war ein bis dahin unbekannter Brief Kaiser Kangxis an den Papst. Aber nicht schon in dieser Tatsache bestand die eigentliche Sensation, sondern im *Inhalt* des Briefes, den Varanone als guter Sinologe sofort hatte entziffern können:

In diesem Brief nahm der Kaiser ausdrücklich seinen früheren Brief an den Papst zurück. Hierin hatte er ja bestätigt, dass die sogenannten «Riten» – zu ihnen gehörte sowohl der Ahnenkult, bei dem Opfer dargebracht und magische Praktiken durchgeführt wurden, wie auch die sakrale Verehrung des Konfutse, bei welcher dieser den Rang eines Propheten einnahm –, dass all diese Riten nur «zivile», «kulturell übliche», keineswegs aber «religiöse» Angelegenheiten wären. In dem jetzt vorliegenden und zum Kauf angebotenen Brief aber schrieb der Kaiser, er sei zum ersten Brief von den Jesuiten «gar sehr» gedrängt worden, so dass er schließlich nicht anders gekonnt hätte, als ihnen damit für ihre zahlreichen Einsätze im Reich der Mitte einen Gefallen zu erweisen. Dann aber seien ihm Gewissensbedenken gekommen und deshalb schreibe er erneut an den Papst, um seinen ersten Brief zu widerrufen: Natürlich gehörten all die besagten «Riten» zur «religiösen Welt» Chinas. Und deshalb: Wenn die Jesuiten schon all diese und andere chinesische «Riten» übernähmen, könnten sie den Glauben Chinas auch gleich ganz annehmen und müssten nicht – wie es wörtlich hieß – «in fremden Gewässern Fischfang betreiben».

Pater Varanone war über alle Maßen bestürzt und verwirrt. Dieser zweite Brief war gewissermaßen ein Generalangriff auf die von ihm so heiß geliebte Gesellschaft Jesu, wurden dadurch doch die Methode und der Stil der damaligen Chinamission der Jesuiten völlig in Frage gestellt. Er entlastete, ja rechtfertigte nachträglich die Invektiven und Intrigen der Bettelorden. Sollten also die Gegner des Jesuitenordens, zu denen er auch seinen damaligen Schüler Bertoloni zählen musste, recht behalten? Sollte damit der Ritenstreit pro mendicantibus et contra Jesuitas (für die Bettelorden und gegen die Jesuiten) endgültig entschieden sein? Das durfte nicht sein! Deshalb setzte er sich mit der römischen Jesuitenkurie in Verbindung, um dieses wichtige Dokument zu kaufen und dann – so seine persönliche Intention – still im Archiv verschwinden zu lassen. Da aber die römische Ordenszentrale maximal, aber wirklich maximal dafür nur 4000 US-Dollar ausgeben wollte, kam Varanone nicht zum Zug. Die Konsequenz waren große Ängste und tiefste Besorgnisse über das, was die Publikation des Briefes anrichten könnte; und diese Ängste ließen ihn auch in der Folgezeit nicht los.

Etwa zwei Monate später wurde Professor Giulio Varanone zum Direktor des Jesuiten-Archivs in Rom bestellt; ungefähr zur selben Zeit bekam Dr. Michaela Surlì die Stellung einer Archivarin am Vatikanischen Geheimarchiv. So trafen sich der Professor und die ehemalige Studentin nach einigen Monaten in Rom wieder. Gleich das erste Treffen hatte dramatische Züge: Weil die Dottoressa noch drogenabhängig war und zur Beschaffung der «schizzi» viel Geld benötigte, in ihrer jetzigen Position aber keine Nebenbeschäftigung mehr aufnehmen konnte, verschuldete sie sich total und stand unmittelbar vor der Pfändung. Dem völligen seelischen Zusammenbruch nahe, bettelte sie weinend Pater Giulio um Geld an. Und dieser nahm nun «seine» Gelegenheit wahr. Wenn die Dottoressa ihm den jüngst aufgetauchten Brief des Kaisers Kangxi aus dem Vatikanischen Archiv besorge und überlasse, könne er ihr 1000 US-Dollar geben. Das sei der Betrag, den ein nahestehender amerikanischer Geschäftsmann alljährlich für das Archiv spende.

Die Dottoressa wies dieses Angebot empört zurück. Aber Varanone machte ihr klar, dass dies in gar keiner Weise ein Diebstahl sei, denn sowohl das Vatikanische Geheimarchiv wie das der Gesellschaft Jesu gehörten beide kirchenrechtlich dem Heiligen Stuhl, also dem Papst. Es gehe folglich nur um einen «Standortwechsel» der Archivalie. Und wenn diese einmal dringend gebraucht würde, könne sie ja auch mal zurückgeholt werden. Er bäte nur darum, diesen zweiten Brief Kangxis in keinem Repetitorium zu vermerken, auf dass dieser möglichst lange in archivarischer Verborgenheit schlummern könne.

An dieser Stelle unterbrach Pater José Maria Bólan seine Erzählung und machte darauf aufmerksam, dass – abgesehen vom späteren Mitwirken bei der Fälschung von «Ersatz»-Archivalien – der gute Pater Varanone hier, und wohl erst hier, Schuld auf sich geladen habe, was er jetzt auch einsähe. Denn er hatte nie vor, diese Archivalie je wieder zurückzugeben. Aus Liebe zur Gesellschaft Jesu steckte er nämlich das Dokument in einen Umschlag, umwand diesen mit einem festen Plastikband und versiegelte dieses mit der Notiz «Da aprire solo con permesso del RPG» (darf nur mit Erlaubnis des hochwürdigen Pater Generals geöffnet werden). Daraufhin legte er das Dokument in dem für Uneingeweihte nur schwer zu findenden, großen Tresorschrank ab.

Bustamante fragte dazwischen: «Gibt es eigentlich noch mehr solcher Archivalien, die der Öffentlichkeit vorenthalten werden und die zu lesen der ausdrücklichen Einwilligung des Pater Generals bedürfen?»

«Sie werden sich wundern: Die gibt es tatsächlich, aber es sind nur etwa acht bis zehn Dokumente, in denen und auf Grund derer die Gesellschaft Jesu einigermaßen schlecht dasteht und die darum einer ‹Sonderbehandlung› zugeführt wurden. Aber stellen Sie sich vor: Ich als General der Jesuiten wusste dies nicht einmal!» Er musste laut lachen. «Natürlich habe ich sofort die Anweisung gegeben, diesen Unfug unverzüglich abzustellen. Ab jetzt ist ausnahmslos jede Archivalie nach gebührender Zeit zugänglich.»

Dann erzählte er weiter: Da die Dottoressa gesehen hatte, wohin ihre Drogenabhängigkeit führte, unternahm sie in den Sommerferien eine Entziehungskur, die trotz der kurzen Zeit dann auch Gott sei Dank glückte. So schien alles in Ordnung zu sein, wenn es nicht, ja, wenn es nicht Professor Bertoloni und die beiden Scholastiker gegeben hätte, die unbedingt den «Unglücks»-Brief einsehen wollten. Die Dottoressa geriet unter dem Druck ihres Vorgesetzten, Cavalliere Dotolo, in Panik und kam in einen unabsehbaren Zugzwang, der sie dann auch wieder zu einem schizzo veranlasste. In exaltiertem Trancezustand ging sie zu Pater Giulio und forderte mit Nachdruck die Herausgabe des

Briefes, wenigstens für kurze Zeit. Aber das konnte der Pater in seinen Ängsten um die Gesellschaft Jesu nicht zulassen. Er verweigerte das Ansinnen definitiv und machte dann selbst den Vorschlag, durch Kopieren eine neue, etwas anders gelagerte Archivalie herzustellen und den Franziskanern zu überlassen.

Die Tatsache, dass er sowohl den ungemein wichtigen Schlüssel des Archivs einer nicht zum Hause gehörenden Archivarin überließ wie ihr sogar für eine Fälschung selbst einiges Archivmaterial heraussuchte, zeigte, wie sehr auch dem guten Pater seinerseits diese Vorgänge unter die Haut gingen und wie er alles daransetzte, den Brief nicht herausgeben zu müssen. Als er dann am Morgen die Archivarin in der Blutlache sah, vermutete er, dass sie sich wegen seiner Weigerung, den Brief herauszurücken, umgebracht habe, und erlitt einen Herzanfall.

«Damit, lieber Questore, sind ja wohl alle Nebel gelichtet und alle offenen Fragen beantwortet. Sie haben den Fall also gelöst! Auguri! (Gratuliere!)», meinte Pater General abschließend.

«Ich weiß nicht recht», murmelte dieser in sich hinein. Dann aber: «Von ganzem Herzen möchte ich mich jedenfalls bei Ihnen für Ihre freundliche und einfühlsame Mithilfe bedanken. Ich bin froh, ein wenig Ihre Bekanntschaft, aber auch die Bekanntschaft Ihres Leitungspersonals gemacht zu haben. Das Bild von Kirche, das die Gesellschaft Jesu abgibt, beeindruckt mich. Leben Sie wohl!» Auch Pater Josè Maria drückte dem Questore herzlich die Hand. Die Sympathie war wohl gegenseitig.

Nachdenklich machte sich Bu-Bu auf den Heimweg, nicht ohne dabei noch von seinem Handy aus Monsignore Morreni anzurufen: «Kann ich dich morgen früh, möglichst schon recht zeitig, besuchen? Ich muss dir vieles erzählen und brauche deinen Rat!»

«Ja, aber komm doch lieber morgen Abend zum Schachspiel!»

«Nein, das ist zu spät. Lieber morgen in der Frühe. Das Gespräch muss nicht viel Zeit in Anspruch nehmen.»

Man vereinbarte acht Uhr an der Porta di Sant'Anna. Man könne ja dann in einen Nebenraum der Kantine der Schweizer Garde gehen, damit Bustamante für den Weg zur Wohnung des Monsignore nicht so viel Zeit verlöre.

Eigentlich ein ganz schöner Sonntag!, dachte Bustamante. Aber ganz sicher war er sich selbst darüber auch nicht.

***

Kalter Zigarettenrauch, das Ekligste, was es für Bu-Bu gab, stand in der Kantine der Guardia Svizzera. Im Nebenraum war es nur wenig besser. Man bestellte sich einen Capuccino, und dann erzählte der Questore seinem Freund alles, was sich zugetragen hatte. Morreni brauchte nicht zu unterbrechen; die Informationen wurden glasklar vorgetragen. Dann aber kam Bu-Bu zur Sache:

«Sieh mal, Salvatore. Der Fall wäre damit ja gelöst: Wir wissen jetzt, um was für eine Archivalie es ging, warum die Dottoressa und Bertoloni bis in die Nacht hinein im Archiv waren und wie der Sturz passierte. Der Fall wäre also gelöst, allerdings nur unter drei Voraussetzungen oder Bedingungen.

Erstens: Das Verschwinden des chinesischen Paters ist nur ein zufälliges Ereignis; es hat nichts mit unserem Fall zu tun. Dass das möglich ist, ja sogar schon zweimal geschah, hat mir der Hausobere der Jesuitenkommunität ausdrücklich bestätigt. Vielleicht hat sich der Jesuit von dannen gemacht, ich meine: den Orden verlassen, will aber in Italien bleiben und stellt einen Antrag auf Asyl wegen politischer bzw. kirchenpolitischer Verfolgung. Wir werden der Sache nachgehen.

Zweitens: Professor Bertoloni sagt die Unwahrheit. In Wirklichkeit war er es auch, der der Dottoressa den Todesstoß versetzt hat. Auch das ist gut möglich. Bertoloni stand wegen der drohenden Schwangerschaft unter einem für ihn unerträglichen Druck und hat sich davon zu befreien versucht. Auch das werden wir noch überprüfen, indem wir seine Kleidungsstücke penibel auf Blutspuren absuchen.

Drittens: Die Unordnung im Archiv ist von der Dottoressa und/oder dem Professore hergestellt worden, um den Verdacht in eine ganz andere Richtung zu lenken. Auch das ist gut möglich. Also kurzum: Wenn diese drei Voraussetzungen erfüllt sind, ist der Fall erledigt. Die Frage ist nur: Sind sie erfüllt? Und da wollte ich dich sozusagen als Außenstehenden fragen: Was meinst du?»

«Hm», war zunächst die einzige Reaktion. Und dann, nach einer längeren Pause: «Erinnerst du dich noch an unsere letzte Schachpartie, wo du meine zwei Türme geschlagen hast und glaubtest, damit die Partie für dich entschieden zu haben? Und dann warst du ganz schnell schachmatt gesetzt. Ich habe damals gesagt: Das ist auch im Leben oft so. Man glaubt, durch ein, zwei vordergründige Erfolge den Sieg errungen zu haben, und schlittert doch gerade so in einen ‹fallimento›. Wenn du mich fragst: Ich habe so das Gefühl, aber nur das Gefühl, dass der Fall überhaupt noch nicht gelöst ist. Deine ganzen Recherchen bewegten sich um das Verschwinden dieses rätselhaften Dokuments aus dem Ritenstreit. Es ist jetzt identifiziert, und wir wissen nun, um was es bei diesem Dokument ging. Aber vielleicht geht es in unserem Fall darüber hinaus noch um etwas ganz anderes. Nein, ich glaube wirklich nicht, dass der Fall schon gelöst ist.»

«Genau den gleichen Eindruck habe ich auch! Ich wollte mich nur vergewissern, was du als Außenstehender denkst. Wir machen also weiter! Nur – um was ging es hier eigentlich? Und vor allem: Wen haben wir da noch als mögliche Täter? Die chinesischen Bischöfe? Wohl kaum! Die Männer der ‹Handelsdelegation›? Von denen haben wir schon lange überhaupt nichts mehr gehört! Völlig neue, bisher noch nicht in Erscheinung getretene Menschen? Möglich! Aber – wo setzen wir an? Ich werde selbst einmal mit Pater Varanone sprechen, vielleicht gibt es bei ihm noch bislang unbekannte Informationen. Ich halte dich auf dem Laufenden. Mach's gut!»

Sie verließen gemeinsam die Kantine.

Auf der anschließenden Dienstbesprechung gab Bustamante seinen Mitarbeitern die neuesten Informationen weiter und befragte sie dann, was denn ihre Auffassung vom Stand der Ermittlungen seien. War der Fall nun prinzipiell gelöst oder nicht? Es gab unterschiedliche Meinungen, eine dezidierte Ansicht vertrat niemand; aber insgesamt herrschte Skepsis vor. Auf jeden Fall müsse man noch ein Stück weitermachen. Bustamante schlug vor, dass Commissario Luccio Rossi noch heute Vormittag zum Franziskanerkloster beim Antonianum gehen und mit Hilfe des Erkennungsdienstes der römischen Kripo das

Zimmer sowie vor allem die Kleidung Bertolonis auf Blutspuren hin sorgfältigst untersuchen solle.

«Wenn er es war, der der Dottoressa den Todesstoß versetzt hat, könnte es vom Anpacken der Schwerverletzten her Blutspuren geben. Geh auch der Sache nach, ob in den letzten Tagen im Kloster gewaschen wurde oder ob vielleicht der Professore selbst im eigenen Waschbecken die Blutspuren beseitigt hat. Eventuell sollte man auch mal in die Müllbehälter der näheren Umgebung hineinschauen.»

Bustamante selbst wollte mit Commissario Steve Hopkins und seinem Assistenten zum Ortstermin an der Curia Generalizia der Jesuiten fahren. Um elf sollte Professor Bertoloni, begleitet von zwei Justizbeamten, dort eintreffen. Diesen Termin hatte er am Morgen, noch vor seinem Treffen mit dem Monsignore, mit dem Chef der Justizvollzugsanstalt vereinbart. Bei einer kleinen Plauscherei mit ihm hatte er überdies erfahren, dass es dort einen Wachbeamten gäbe, der in seiner Freizeit Hobby-Fallschirmspringer war. So jemanden konnte Bu-Bu sehr gut für sein «Experiment» gebrauchen und bat darum, dass dieser Mann – mit entsprechender Ausrüstung – als einer der beiden Begleiter des mutmaßlichen Delinquenten eingesetzt würde. Denn Fallschirmspringer lernen, wie man auf dem Boden landet, ohne zu Schaden zu kommen, selbst wenn der Schirm zu hart aufsetzt.

Als beide Gruppen, die von der Justizvollzugsanstalt und die von der Dienststelle Bustamante, am Borgo Spirito Santo eingetroffen waren, ging man gemeinsam in den Arbeitssaal des Archivs. Hier hatte der «Fallschirmspringer», Luca Debono – wohlversehen mit gut gepolsterter Kleidung sowie mit einem Spezialkopfschutz –, die Rolle der Dottoressa zu spielen. Bertoloni sollte an ihm demonstrieren, wie er mit der Archivarin, als diese auf der Fensterleiste saß, umgegangen war. Eine Schwierigkeit trat sogleich ein: Als sich Luca auf der oberen Metallleiste des unteren Fensterrahmens niederließ, stieß er mit seinem Kopf an der oberen Sprosse des geöffneten Fensters an; die Fensteröffnung war zu klein, als dass er, ohne sich zu ducken, durch sie hätte hinausfallen können. Erst nach Abnehmen des Schutzhelms sah die Sache anders aus. Im Übrigen war aber die Dottoressa auch, wie Bustamante dem gerichtsmedizinischen Gutachten entnahm, etwas untersetzter als der «Fallschirmspringer» gewesen. Also musste sich Luca, nachdem er den Helm wieder aufgesetzt hatte, ein wenig «kleiner» machen, damit das Experiment gelingen konnte.

Bertoloni wurde nun aufgefordert, so gut es ging, die Vorgänge des Freitagabends zu wiederholen: Er trat zur «Dottoressa» an das Fenster, griff den Beamten an beiden Oberarmen und wiegte dessen Oberkörper leicht hin und her. Nach wenigen Augenblicken nahm dieser, wie – nach Aussage Bertolonis – damals auch die Archivarin, die Hände von der Metallleiste, stürzte aber keineswegs sofort rücklings hinunter. Erst als der Professore sein Schütteln intensivierte, glitt der Beamte durch das Fenster nach hinten in die Tiefe. Man merkte ihm sofort den geübten «paracadutista» an, denn noch im Fallen machte er eine Volte, so dass er völlig unbeschadet auf dem Boden landete.

In den Archivsaal zurückgekehrt, berichtete er von seinen «Erfahrungen»: Nein, bei leichtem Wiegen könne man nicht hinunterfallen, und schon gar nicht sofort. Erst müsse der Körper in Schwingung geraten, bis er sein Gleichgewicht verliere. Das klang anders als die Aussage des Professore, wenngleich dieser erneut beteuerte, es sei aber mit ihm und der Dottoressa so gewesen, wie er gesagt habe; schließlich habe diese noch unter Drogen gestanden; und vielleicht habe sie sich auch bewusst fallen lassen. Jedenfalls sei vor drei Tagen alles anders verlaufen als jetzt im Experiment.

Man ging gemeinsam nach draußen in die Nähe des Haupteingangs des Archivs, an die Stelle, wohin die schwerverletzte Archivarin noch hatte kriechen können und wo sie dann endgültig ihren Tod fand. Auf dem Boden markierten inzwischen kaum mehr sichtbare Kreidestriche weiterhin ihre ungefähre Lage. Luca legte sich, angetan mit seinem Schutzhelm, dorthin, und der Questore forderte Bertoloni auf: «Nun packen Sie ihn mal oben an den Schultern und schlagen Sie seinen Kopf ein-, zweimal auf den Boden auf!»

Protest! «Ich habe das nicht getan. Und deshalb tue ich es auch jetzt nicht!»

«Aber Sie können es doch mal vormachen, auch ohne damit schon die Tat einzugestehen!»

«Auf keinen Fall! Ich war es nicht und tue es auch jetzt nicht!»

«Na gut. Dann bitte ich dich, Steve, diesen Part zu übernehmen, damit wir mal einen Eindruck gewinnen, wie es gewesen sein könnte.»

Steve kniete sich vor Luca hin, beugte sich zu ihm und wollte gerade dessen Schultern ergreifen. Alle schauten gebannt auf die nun kommende Szene.

Diesen Augenblick allgemeiner Ablenkung nutzte Bertoloni aus: Er sprang zurück, lief auf den Gartentreppen den Gianicolo in Richtung «Urbaniana» hinauf, stieg auf die circa fünfzehn Meter hohe Stützmauer und stürzte sich, ehe ihn der sofort hinterhereilende Wachmann erreichen konnte, von dort hinunter. Was da geschah, kam nicht nur für alle völlig überraschend, das Ganze spielte sich auch in nur wenigen Sekunden ab, schneller als man Zeit hatte, überhaupt einen Gedanken zu fassen. Marco lief sofort zum stark blutenden Abgestürzten und gab ein Zeichen, dass dieser noch lebte; gleichzeitig forderte presto presto der Questore den Rettungswagen an, der überraschenderweise auch in allerkürzester Frist eintraf. Ein Blick des Notarztes, und die erste, sehr vorläufige Diagnose: «Man weiß natürlich nicht, was da zurzeit an inneren Blutungen passiert; von außen her gesehen hat er vermutlich eine Chance, zu überleben. Allzu tief war der Sturz ja nicht.»

Die Justizbeamten machten einen zerknirschten Eindruck. Aber Bustamante sagte: «Wenn hier jemand Schuld an diesem Vorfall hat, bin ich es. Denn schließlich habe ich Luca Debono als Versuchskaninchen eingesetzt und ihm damit die Möglichkeit genommen, seine Bewachungsaufgabe wahrzunehmen. Und überdies haben wir uns alle ohne Ausnahme ablenken lassen.»

«Glaubst du», fragte Steve, «dass der Sturz ein Schuldeingeständnis war?»

«Ich weiß es nicht. Möglicherweise ja. Aber es kann auch etwas ganz anderes in seinem Innern vor sich gegangen sein. Nehmen wir an, es war alles so, wie er's mir vorgestern gesagt hat. Da merkt er nun gleich beim ersten Experiment, dass dies nicht ganz mit seinen Aussagen übereinstimmt, und die Aufforderung, beim zweiten Experiment mitzumachen, zeigt ihm, dass wir ihm nicht glauben. Das muss schon eine ziemliche Anspannung in ihm verursacht haben.

Es kam aber noch Folgendes dazu: Als er beim ersten Experiment mitgemacht hat, wird mit Sicherheit das Geschehene und damit Schrecken, Angst und Panik in ihm wieder wach geworden sein. Mehr noch: Selbst wenn er nie wirklich vorgehabt hat, die Dottoressa umzubringen – mörderische Gedanken angesichts der bevorstehenden Geburt eines absolut ungewollten Kindes und all dessen, was die Folge sein könnte, werden vermutlich unbewusst in ihm hochgekommen sein. Und dieses Konglomerat, diese Gemengelage von Erinnerungen, ungelösten Problemen, Aggressionen und Ängsten könnte ihn, vielleicht ohne vorherige bewusste Planung, in den Selbstmord getrieben haben. Ja, und auch dann bleibt noch die Frage offen, ob der nicht unbedingt tödliche Sprung von dieser nur mäßig hohen Mauer nicht eher ein eindringliches Zeichen war – ‹Helft mir doch!› – als ein wirklich gewollter Suizidversuch.»

Bustamante verabschiedete sich, merklich gedrückt, von den beiden Wachleuten und seinen Mitarbeitern und bat Letztere darum, am Nachmittag gegen vier zur Besprechung in die Dienststelle zu kommen. Er selbst machte sich auf den Weg nach Hause. Ihn ließ der Gedanke nicht los, dass er etwas falsch gemacht hatte, nicht nur jetzt bei diesem Ortstermin, sondern im ganzen Ablauf der Ermittlungen. Im Grunde war man kaum wirklich weitergekommen. Immer noch stand die Frage im Raum: Worum geht es hier wirklich?

Der Appetit war ihm vergangen, so aß er nichts, sondern legte sich nur zur Siesta nieder. Aber auch die konnte seine niedergedrückte Stimmung nicht sonderlich aufhellen.

Zur Dienstbesprechung kam auch Commissario Luccio Rossi und kündigte einige wichtige, interessante Neuigkeiten an. Zunächst einmal habe man im Franziskanerkloster trotz heftiger Suche keinerlei von Bertoloni verursachte Blutspuren gefunden. Sodann solle er Grüße vom Guardian, Pater Gaetano Buonaiuti, an den Questore ausrichten. Der Guardian habe auf Grund der Machenschaften seines Mitbruders Remigio die innere Fassung immer noch nicht wiedergefunden. Aber eines sei erfreulich: Die beiden Scholastiker seien aus freien Stücken zu ihm gekommen, hätten ihm alles gebeichtet und geschworen, dass Ähnliches nie wieder vorkommen werde. Zum Zeichen dafür beantragte Frater Romano seine Versetzung in eine andere Franziskanerprovinz und wollte auch sein Studium an einer anderen Ordenshochschule fortsetzen, vielleicht in Deutschland, an der Ordenshochschule der Franziskaner und Kapuziner in Münster.

Aber die eigentliche Sensation sei etwas anderes. «Die Männer vom Erkennungsdienst, die mit mir im Kloster gearbeitet haben, erzählten mir, gestern hätten sie einen interessanten Fall auf der Via Appia Antica gehabt: Hobby-Archäologen hatten beim Herumklettern in der Trümmerlandschaft der Via Appia eine Leiche gefunden, die schon dem ersten Anschein nach asiatischer Herkunft war und vor nicht allzu langer Zeit erstochen worden sein musste. Die sofort herbeigerufene Polizei fand zwar keine Papiere, aber in der Brusttasche des Oberhemds entdeckte man, offenbar von den Tätern übersehen, ein kleines Plastikkärtchen, das sich als sogenanntes ‹Zelebret› entpuppte, das heißt als eine – vom zuständigen Ordinarius, Bischof oder Ordensobern, ausgestellte – Ausweiskarte eines katholischen Priesters, die ihn als solchen kenntlich macht und dazu berechtigt, priesterliche Aufgaben wahrzunehmen. Auf dem ‹Zelebret› stand der Name P. Gu Han Song, Societatis Jesu.»

Die Erzählung Luccios schlug ein wie eine Bombe. Allen war sofort klar: Damit hatte ihr Fall eine ganz neue Richtung genommen.

«Wir brauchen jetzt nicht mehr herumzurätseln», sagte Bu-Bu, «unser Fall ist noch in keiner Weise gelöst! Wir haben bisher nur ‹zwei Türme› geschlagen! Und das war vermutlich zwar notwendig, aber am Kern der Sache völlig vorbei! Nach dieser neuen Information müssen wir davon ausgehen, dass der von uns gesuchte Pater Gu Han Song deshalb von irgendwelchen Tätern ermordet wurde, damit man ihn durch einen Komplizen ‹ersetzen› konnte. Und dieser sollte offenbar die Täter bei Nacht in die Jesuitenkurie hineinlassen. Dieser ‹Ersatz› war ja umso leichter möglich, als kaum einer aus der Jesuitenkommunität den wirklichen Pater Gu kannte und zudem für uns Europäer die meisten Chinesen mehr oder minder gleich aussehen. Die Täter XYZ haben dann vermutlich auch der Dottoressa, weil sie Zeugin des Einbruchs in das Archiv war, den Todesstoß versetzt. Dann haben die Täter nach irgendetwas gesucht. Aber wonach? Wir müssen uns jetzt vom Ziel der bisherigen Fahndung, die sich am verlorengegangenen Brief Kaiser Kangxis orientierte, völlig lösen und ganz neu fragen: Um was ging es eigentlich? Und wahrscheinlich ist diese Frage wichtiger als die nach möglichen Tätern.»

Zustimmung seiner Mitarbeiter! Aber wo sollte man ansetzen?

«Verteilen wir einfach mal die Aufgaben und tun wir das, was zu tun ansteht. Luccio bitte ich, zur römischen

Squadra omicidi zu gehen und nachzufragen, ob am Leichnam von Pater Gu irgendwelche weiterführenden Hinweise entdeckt wurden. Dann steht noch an, in der Jesuitenkurie zu fragen, ob sie nähere Informationen über Leben und Tätigkeit Pater Gus in China haben. War er dort vielleicht in irgendwelche politische Auseinandersetzungen verwickelt? Das könntest du, Marco, erledigen. Steve, schau bitte nochmals nach, ob die chinesischen Bischöfe noch in Rom sind und wie es mit der ‹Handelsdelegation› steht. Wenn sie noch in Rom sind, stellt sich die Frage: Was machen die da den ganzen Tag? Wir müssen sie ab jetzt ständig unter Beobachtung halten. Steve, organisiere du das bitte! Im Übrigen hast du ja auch Kontakt zu vielen Geheimdienstleuten und Botschaftsangestellten hier in Rom. Frag doch mal ein bisschen herum, ob bei denen irgendwas in dieser Angelegenheit bekannt ist. Wir sollten jetzt jeder auch noch so unwahrscheinlichen Spur nachgehen. Ich selbst werde in die Klinik zu Pater Varanone gehen. Vielleicht verfügt er über uns bisher noch unbekannte Informationen. Alle wichtigen Ergebnisse bitte sofort an Rosalinda geben, die dann uns andere verständigt!»

Bustamante ließ sich wegen der gegen fünf immer noch herrschenden Hitze zum Ospedale del Bambino Gesù mit dem Auto bringen. Nachdem er von Dr. Caroli die Erlaubnis für ein höchstens zwanzigminütiges Gespräch mit Pater Varanone erhalten hatte, sah er zum ersten Mal den Archivdirektor persönlich. Dieser schien noch immer sehr bedrückt zu sein; denn nachdem der Questore sich vorgestellt hatte, fragte er ihn als Erstes: «Musste Michaela Surlì wirklich nicht meinetwegen sterben?»

«Nein, wirklich nicht, sicher nicht! Sie wurde von einer Tätergruppe, nach der wir noch fahnden und die nichts mit Ihrer Archivalie zu tun hat, ermordet.»

«Gott sei Dank!», sagte er erleichtert. Und nach einer Pause: «Auch Pater General hat mir alles verziehen! Gott sei Dank!»

«Pater Giulio, nachdem sich die Sache mit dem Kangxi-Brief geklärt hat, muss es noch eine andere Archivalie geben, für die irgendwelche Leute bereit sind, einen Mord, vielleicht sogar zwei Morde zu begehen. Was könnte das sein?»

«Ich habe nicht die allergeringste Ahnung!»

«Haben Sie Pater Gu Han Song persönlich kennengelernt?»

«Nur flüchtig! Er ließ sich am Donnerstagmorgen, am Tag vor den schrecklichen Ereignissen, eine Tessera ausstellen und ging dann sogleich in den Arbeitssaal des Archivs, wo er offenbar bis kurz nach Mittag blieb. Als ich am Nachmittag kam, war er jedenfalls schon wieder fort. Wissen Sie, wir vom Archiv halten noch an der alten Wochenordnung der Jesuiten fest: Donnerstag, nicht Samstag ist bei uns der freie Tag. Donnerstags arbeiten die Angestellten, auch der Vizedirektor, nicht. Nur vormittags ist eine Magazziniera anwesend, um die Aufsicht im Arbeitssaal zu führen, nachmittags mache ich das selbst ganz allein.»

«An was hat denn Pater Gu im Arbeitssaal gearbeitet? Oder hat er nur ‹Findbücher› gewälzt?»

«Nein, das war ein bisschen schwierig. An sich muss man die Archivalien am Vortag bestellen, dann kann man sie ab dem folgenden Tag abholen und benutzen. Das wusste Pater Gu nicht. Er hat darum am Donnerstagmorgen die

Magazziniera gebeten, mit ihm doch eine Ausnahme zu machen und seinen Wunsch sofort zu erfüllen. Sie tat es ungern, weil sie ja als Einzige Dienst tat und die Aufsicht im Lesesaal zu führen hatte. Aber weil er Jesuit war und von weither kam, war sie schließlich dazu bereit. Während sie ins Magazin ging, um die von ihm gewünschten Dokumente zu holen, musste ich derweil für circa zehn Minuten die Aufsicht führen. Ich habe mich dann sehr über Pater Gu gewundert. Er fing nämlich an, sehr professionell zu arbeiten. Er hat sich für die Durchsicht der Dokumente sogar weiße Handschuhe angezogen, was wir selbst nur bei äußerst alten und empfindlichen Archivalien tun.»

«Nochmals! An was hat Pater Gu denn gearbeitet?»

«Ach ja! Ich habe das erst gesehen, als ich am Abend kurz vor Schluss im Lesesaal aufgeräumt habe. Wissen Sie, bei uns ist das so: Wenn einer an ein und denselben Dokumenten einige Tage oder längere Zeit arbeiten muss, lässt er sie auf seinem Arbeitstisch liegen und legt ein Schild darauf, das er bei der Aufsicht erhält und das die Aufschrift trägt: ‹Ne auferatur› (Nicht wegtragen!). Auch Pater Gu hatte ein solches Signet auf seinen Arbeitsplatz gelegt. Aber – da gibt es eine Ausnahme: Wenn die benutzten Dokumente sehr wertvoll sind, bleiben sie über Nacht nicht auf den Tischen liegen, sondern werden in einen besonderen Schrank, in eine Art Tresorschrank, der überdies für Fremde nicht leicht zu finden sein dürfte, eingeschlossen, und wir geben sie dann am Morgen wieder heraus. Und so war das auch mit den Archivalien, die Pater Gu benutzte.»

«Aber nochmals», drängte der Questore, «was war das denn, woran der Pater gearbeitet hat?»

«Ich hab' mich schon sehr darüber gewundert. Er hatte …» Der Archivdirektor griff zu einem Glas Wasser und nahm einige Schlucke zu sich. Dann sagte er in gequältem Tonfall: «Wissen Sie, ich bin ganz erledigt, ich kann einfach nicht mehr. Können Sie morgen vielleicht nochmals wiederkommen?»

Obwohl Bustamante frustriert war, da die entscheidende Information noch auf sich warten ließ, machte er gute Miene zum bösen Spiel: «Natürlich komme ich gern wieder. Am liebsten morgen schon in der Frühe. Zunächst ganz herzlichen Dank für Ihre Bereitschaft, mir Auskunft zu geben!»

Als der Questore am andern Morgen in sein Ufficio kam, wurde er dort schon von Steve erwartet. Der Commissario hatte noch am Abend den Zweiten Sekretär der Botschaft von Tadschikistan getroffen, den er vor vielen, vielen Jahren, als Tadschikistan noch zur Sowjetunion gehörte, bei einem Studentenaustausch in Moskau kennengelernt hatte und mit dem ihn seither eine lockere Freundschaft verband. Dieser Botschaftsangestellte hatte ihm im Vertrauen mitgeteilt, da «laufe etwas» zwischen dem chinesischen und tadschikischen Geheimdienst, von dem sich überdies zurzeit zwei Leute in Rom befänden. Die Chinesen seien hinter «etwas» her, das auch den eigenen Geheimdienst interessiere. Aber was das sei, wisse er wirklich nicht. Das Botschaftspersonal werde ganz bewusst über solche geheimdienstlichen Aktionen nicht informiert, damit man, wenn etwas herauskäme oder danebenginge, mit Überzeugung und sogar wahrheitsgemäß sagen könne, man wisse von rein gar nichts.

«Oje!», stöhnte Bu-Bu. «Die Sache wird ja immer komplizierter. Was ist das nur, was die da suchen? Hoffentlich kann Pater Varanone uns da endlich weiterhelfen!»

Obwohl es noch ziemlich früh, gegen neun Uhr war, machte er sich sogleich auf den Weg in die Klinik und wurde dort auch sofort zu Pater Giulio vorgelassen. Da dieser einen ausgeruhten Eindruck machte, fing der Questore ziemlich unvermittelt an: «Können wir mit unserem Gespräch da weitermachen, wo wir gestern aufgehört haben? Es ging zuletzt um die Frage, welche Dokumente Pater Gu Han Song sich ausgeliehen und dann auf dem Arbeitstisch liegen gelassen hatte. Was war das genau?»

«Ja, ich habe mich wahnsinnig darüber gewundert. Er hatte sich alle verfügbaren Abschriften des Friedensvertrages von Nertschinsk herausgeben lassen. Und die hatten uns die letzte Zeit ohnehin wahnsinnig beschäftigt. Und deshalb, wegen ihrer Wichtigkeit, habe ich sie auch nicht offen auf dem Arbeitstisch gelassen, sondern in den Tresorschrank gesperrt.»

«Was hat es denn mit diesen Abschriften des Friedensvertrages auf sich, die Sie, wie Sie sagen, so ‹wahnsinnig› beschäftigt haben und die so wichtig sind? Bitte, erzählen Sie!»

***

Pater Varanone begann mit einer spannenden Geschichte, zu der er weit ausholte: Es war zu Beginn des 17. Jahrhunderts, als in der Mandschurei, dem heutigen Nordosten Chinas, der Herrscher Nurhatschi die halbnomadischen Mandschuren einte und im benachbarten China die Ming-Dynastie stürzte, um im Jahr 1644 die Qing-Dynastie mit Mandschuren-Kaisern (zu denen auch Kangxi gehörte) zu gründen. Die Mandschuren wurden somit in das Reich der Mitte integriert. Doch hatten sich abtrünnige Mandschuren mit den chinesenfeindlichen Russen verbündet. Es kam vierzig Jahre lang zu erheblichen, erbitterten bewaffneten Auseinandersetzungen in und um das sogenannte Amur-Becken, wo russische Gruppen von Ostsibirien aus immer wieder auf chinesisches Einflussgebiet vorstießen. An den Kämpfen beteiligten sich Kosaken, chinesische Truppen und Tungusen.

Unter der Vermittlung von Jesuiten, und zwar vor allem des Paters Jean-François Gerbillon, mit chinesischem Namen Tschang Tscheng Che-tai, kam es zwischen dem 27. August und dem 6. September 1689 zu Friedensverhandlungen in Nertschinsk. Das Ergebnis war das erste Abkommen Chinas mit einem europäischen Staat, eben mit Russland. Es regelte den Grenzverlauf in der Amur-Region. China erhielt darin das Gebiet bis zur Gebirgskette nördlich des Amur und seiner Nebenflüsse sowie die russische Festung Albasin zugesprochen. Gleichzeitig wurde das Recht auf freien Handel über die Grenze hinweg garantiert.

Dieses ganz wesentlich durch die Jesuiten vermittelte Friedensabkommen galt damals als kleine Sensation. Als junger Pater hatte Varanone, wie er sagte, sogar mal einen Text des Philosophen Leibniz auswendig gelernt, der sich dazu geäußert hatte. Er sagte ihn flüssig, ohne auch nur den kleinsten «Hänger» zu haben, jetzt noch dem Questore auf:

«Es wurde ein sicherer Friede abgeschlossen, und die Gesandten selbst erklärten öffentlich, dass sie alle – da ihre Wesenszüge und Standpunkte so verschieden waren und sich äußerst misstrauische Völker hier gegenübertraten – sich unverrichteter Dinge wieder getrennt hätten, *wenn die Jesuiten nicht zur Stelle gewesen wären* (dieser Teil des Textes wurde von Pater Giulio emphatisch herausgestellt). Diesen Erfolg hat dann der Kaiser selbst aufs klügste dahingehend genutzt, die europäischen Gelehrten seinen obersten Behörden zu empfehlen.»

Aber – so fuhr Pater Varanone fort – dieser Friedensvertrag hatte seine Tücken. Man muss dazu Folgendes wissen: Friedensverträge waren ursprünglich eine mündliche Angelegenheit, es ging um mündliche Vereinbarungen vor Zeugen. Zwar schrieben auf beiden Seiten Protokollanten mit, und deren Protokolle wurden überprüft, unterschrieben und ausgetauscht. Doch das verhinderte nicht, dass es zwischen den einzelnen Protokollen erhebliche Differenzen gab. So auch hier. Der genaue Grenzverlauf blieb letztlich gerade ungeregelt, schon deswegen, weil die geographischen Bezeichnungen in den unterschiedlichen Fassungen der Protokolle und des Vertrages voneinander abwichen.

Der Vertrag wurde übrigens in drei Sprachen geschlossen: in Lateinisch («Hier sieht man den ungeheuren Einfluss der Jesuiten!»), Russisch und Mandschurisch. Und bereits die sprachliche Fassung war in den drei Sprachen nicht genau identisch. Karten wurden ebenfalls nicht ausgetauscht. So blieb die Grenzregion am Amur bis in die jüngste Zeit Gegenstand unablässigen Streits, wirklich unablässigen Streits.

Bis in die jüngste Zeit! Denn jahrzehntelang dauerten hier die Spannungen zwischen der Volksrepublik China und der Sowjetunion. Auf ihrem Höhepunkt kam es 1969 am Amur, im Nordosten von China, zu schweren Grenzgefechten. Hauptsächlicher Grund für diese Streitigkeiten war wiederum der im Friedensvertrag von Nertschinsk ungenau geregelte Grenzverlauf, den die einen so, die andern anders auslegten. Allerdings hat sich dann das chinesisch-russische Verhältnis seit Mitte der 1980er Jahre wesentlich verbessert. Beide Seiten legten den Grenzverlauf vertraglich neu fest und schlossen verschiedene Kooperationsabkommen. Seit einigen Jahren, ungefähr seit dem Zerfall der Sowjetunion, kooperieren Moskau und Peking zum Beispiel eng in der «Schanghaier Organisation für Zusammenarbeit», mit Hilfe derer beide Großstaaten die neuen zentralasiatischen Republiken wie Kasachstan, Kirgisien, Usbekistan und Tadschikistan an sich binden wollen.

Pater Varanone holte tief Luft. Auf der einen Seite war er schon wieder ziemlich erschöpft, auf der andern merkte man, wie viel Freude es ihm machte, mal wieder so richtig zu «dozieren». Dann aber kam er zur Sache.

«Auch wenn zurzeit das Verhältnis Russland – China harmonisch ist, hat China offensichtlich eine panische Angst davor, dass die neuen zentralasiatischen Republiken die Mitte der 80er Jahre mit der Sowjetunion vereinbarten neuen Grenzen am Amur nicht anerkennen. Diese neuen Republiken sind zwar selbst von dieser Grenze nicht betroffen, doch leben die alten Animositäten gegen die ehemalige Sowjetunion noch fort, und einige dieser Republiken haben ihre eigenen Grenzprobleme mit dem heutigen Russland. Und deswegen wollen sie keine Präzedenzfälle. Sie legen vielmehr Wert darauf, in jedem Fall die alten, ehemaligen Grenzen, keineswegs aber neue anzuerkennen. Deshalb sind sie vehement daran interessiert, dass China und Russland ihre Grenzen auf der Basis des Vertrags von Nertschinsk und nicht anhand von neuen Vereinbarungen regeln. Sie wollen auch hier keine neuen Grenzvereinbarungen akzeptieren, sondern auf den damaligen Vertrag zurückkommen. Aber was genau ist die authentische Fassung dieses Vertrags?

Diese Frage war wohl der Hintergrund dafür, dass wir vor knapp einem Jahr Besuch vom Kulturattaché der Chinesischen Botschaft bekamen. Er fragte, ob es in unserem Archiv noch alte Protokolle des Friedensvertrages von Nertschinsk gäbe, auch wenn es nur Abschriften seien. Die Akademie der Wissenschaften in Peking habe herausgefunden, dass diese alten Abschriften oft zuverlässiger seien als die eigenen Primärdokumente, die man im Staatsarchiv aufbewahre. Wir haben daraufhin alles abgesucht und tatsächlich im ‹fondo› der Briefe von Pater Gerbillon Abschriften des Vertrages gefunden. Auf Bitten des Kulturattachés haben wir diese fotokopiert und die Kopien nach Peking geschickt.»

Ein Schluck Wasser, und dann ging es schon weiter.

«Einen Monat später erhielten wir einen Dankesbrief mit der dringenden Bitte, der Chinesischen Akademie der Wissenschaften doch die Originale zu verkaufen. Man sei bereit – stellen Sie sich vor, was jetzt kommt! –, sie seien bereit, dafür 200 000 US-Dollar zu zahlen. Das ist eine Irrsinns-Summe für Dokumente dieser Art. Ja, sie fügten noch hinzu: Wenn die Summe nicht ausreichte, könnte man darüber noch weiter verhandeln.»

«Und haben Sie verkauft?»

«Es gab darüber eine große Diskussion auch mit Pater General und dem Delegaten für die fernöstlichen Jesuitenprovinzen. Der Grund, weshalb wir schließlich abgelehnt haben, war eine ‹Randbemerkung› in diesem Dankesbrief.

Da hieß es sinngemäß: ‹Fotokopien reichen uns nicht, um allfällige vertragliche Abmachungen rechtlich abzusichern und einzufordern.› Das bedeutete für uns, dass China, wenn es einmal notwendig sein sollte, mit unseren Dokumenten, verstehen Sie: mit den Dokumenten aus unserem Archiv, politische Ansprüche stellen würde, ja vor deren Hintergrund vielleicht sogar wieder kriegerische Auseinandersetzungen vom Zaume brechen könnte. Und das wollten wir um nichts in der Welt.»

«Und was gab es dann für Reaktionen?»

«Nun, es gab nochmals einen Besuch von der Chinesischen Botschaft, die ‹auf Teufel komm heraus› die Dokumente erwerben wollte, der Preis spiele keine Rolle. Man wollte uns geradezu übertölpeln, indem man auf die friedensfördernden Potenzen dieser Dokumente hinwies: sie könnten gerade im Verhältnis zu den neuen asiatischen Republiken Rechtssicherheit garantieren, indem man als Maß und Kriterium heutiger Auseinandersetzungen die geschichtlich verbürgten Abkommen nähme usw. usf. Wir sind hart geblieben und haben nicht verkauft. Merkwürdig war, dass man sich wenige Wochen später auch vonseiten der Republik Tadschikistan für die Dokumente interessierte.»

Pater Varanone machte eine kleine Nachdenkpause und fuhr dann fort: «Aber vielleicht ist es dann auch wieder nicht so extrem merkwürdig, denn zwischen Chinesen und Tadschiken gibt es ja enge landsmannschaftliche Beziehungen, weil Hunderttausende von Tadschiken als Minderheit in China leben und es auf allen Ebenen einen lebhaften Informationsaustausch gibt. Jedenfalls bekamen wir kurz hintereinander sowohl eine Anfrage vom Soziologischen Institut der Universität Duschanbe wie auch vom

Historischen Institut der Universität Chorog, ob wir ihnen alte Abschriften des Friedensvertrags von Nertschinsk in Kopie zukommen lassen könnten. Wir haben dann nur dem Institut von Duschanbe Kopien zugesandt und sie gebeten, diese dann nochmals zu kopieren und an die Universität Chorog weiterzugeben. Das Ganze ist ja schließlich auch eine Frage des Geldes. Denn die großen Archive wie wir fordern für Kopien, die wir an wissenschaftliche Institute verschicken, normalerweise keine Gebühren. Nun ja, wir haben dann von diesem Soziologischen Institut ein Dankesschreiben bekommen, aber sonst nichts mehr von ihnen gehört.»

«Interessant! Wirklich interessant! Um nun aber auf unseren Fall zurückzukommen: Sie sagen, dass Pater Gu sich die bei Ihnen im Archiv vorhandenen Dokumente über den Friedensvertrag heraussuchen ließ und sie studierte?»

«Ja! Komisch, nicht? Ich habe mich schon sehr gewundert, als ich abends diese Archivalien auf seinem Tisch liegen sah.»

«Das Ganze ist nicht so komisch, wie es auf den ersten Blick aussieht: Der Pater Gu Han Song, den *Sie* kennengelernt haben, war gar kein Jesuit, sondern vermutlich ein Geheimagent. Der richtige Pater Gu wurde ermordet und durch jenen Besucher, der bei Ihnen war, ersetzt!»

«Schrecklich! Das ist ja schrecklich!» Pater Varanone ließ sich erschöpft in die Kissen zurücksinken. «Schrecklich!» Und nach einer Pause:

«Aber jetzt verstehe ich auch, warum er sich mit mir nicht weiter unterhalten wollte. Als er sich nämlich seine Tessera holte, fragte ich ihn, wie es Pater Min Ming Ngo in Peking gehe. Er sagte: ‹Ach, Entschuldigung, jetzt habe ich es sehr eilig. Wir können uns ja ein andermal darüber unterhalten.› Jetzt ist mir alles klar!»

Nach einer kurzen Pause stöhnte Pater Giulio ein wenig: «Bitte, ich bin schon wieder ganz fertig. Können wir unser Gespräch später mal fortsetzen?»

«Aber natürlich! Und vielen Dank, tausend Dank für Ihre Ausführungen. Ich glaube, die entscheidenden Informationen habe ich schon erhalten und dabei mindestens so viel gelernt wie in zwei Uni-Vorlesungen. Danke und bis auf bald!»

Bustamante stürzte nur so aus dem Zimmer hinaus. Ihm war es bei den Ausführungen von Pater Varanone wie Schuppen von den Augen gefallen, um was es im vorliegenden Fall wirklich ging. Bisher hatte man in der Tat – wie Msgr. Morreni es gestern Morgen formulierte – nur «zwei Türme geschlagen», aber auf diese Weise die Partie überhaupt noch nicht entschieden, im Gegenteil, im Gegenteil! Man hatte sich durch vordergründige Ereignisse benebeln lassen. Und jetzt, erst jetzt begannen sich wirklich die Nebel zu lichten.

Bu-Bu blickte auf seine Uhr – es war schon kurz nach elf – und rief noch auf dem Weg zu seinem Auto die beste aller denkbar guten Sekretärinnen an: «Rosalinda, Alarm! Bitte, trommle sofort alle Mitarbeiter für 15.30 Uhr zusammen. Sie sollen sämtliche anderen Aufgaben stehen und liegen lassen. Hörst du! Alles stehen und liegen lassen! Nur zwei Dinge muss ich wissen: erstens, ob die Leute vom chinesischen Geheimdienst – du weißt schon: die wir immer ‹die Handelsdelegation› nennen – noch in Rom sind, und zweitens, wo die tadschikischen Agenten, von denen Steve gestern gehört hatte, wohnen und ob sie noch da sind. Und dann frag doch bitte bei der römischen Squadra omicidi nach, ob Filippo Giollini, unser Fil, frei ist, um die nächsten Tage bei uns mitzuarbeiten. Ich könnte ihn gut gebrauchen. Und informiere Fil schon mal über alles, was bisher passiert ist.»

Fil war früher zusammen mit seiner langjährigen Freundin Carla Fontanelle als Commissario an der Dienststelle Bustamante beschäftigt gewesen. Dann aber war er, weil am Ufficio Bustamante, wie überall, Stellen gestrichen wurden, ungefähr zeitgleich mit seiner Hochzeit zur «normalen» römischen Sezione der Kripo übergewechselt. Er stand immer noch in guter Beziehung zur alten Mannschaft und half, wenn nötig, aus. Bustamante wusste, dass Fil und Carla in allernächster Zeit ein Baby erwarteten.

«Und dann, Rosalinda, noch eins: Mach bitte, wie immer, einen sehr guten Kaffee, besorge hausgemachte Dolce, nicht so was Billiges, was nach Fabrik schmeckt. Denn ich will auch Msgr. Morreni zu dieser Besprechung einladen.»

FÜNFTES KAPITEL

Die Falle

Noch im Auto setzte der Questore seine Telefonate fort. Er lud Monsignore Morreni dringendst zur nachmittäglichen Besprechung in den Palazzo della Giustizia ein («Jetzt wird's ganz ernst; mit dem vorzeitigen ‹Schlagen von Türmen› ist es vorbei!») und sprach mit der für die Restaurierung von alten Büchern zuständigen Stelle der Biblioteca Nazionale Centrale Italiana. Währenddessen kutschierte ihn sein Chauffeur zur Via dei Pianellari, einem verwinkelten, schmalen Gässchen auf dem sogenannten Campo Marzio, dem Marsfeld.

Ursprünglich, im Altertum, lag dieses vor den Toren der Stadt, außerhalb der alten Stadtmauern also. Es diente vornehmlich als «Truppenübungsplatz» und Austragungsort von Wettspielen. Dann aber wurden schon bald auf seiner weiten Ebene Bauten errichtet, für die innerhalb der Mauern kein Platz mehr war. Und nachdem die Invasionen der Völkerwanderung die Aquädukte gekappt und damit die Wasserversorgung der Stadt zerstört hatten, verließ die rasch schwindende Bevölkerung die Hügel, auf denen und zwischen denen sich ursprünglich Rom erstreckte, und sammelte sich auf dem Marsfeld neu. Denn hier stand stets das Wasser des Tiber zur Verfügung, der freilich auch stets diese Zone zu überschwemmen drohte. Ab jetzt machte der

Campo Marzio den Hauptteil Roms aus. Und so war und ist dieser römische Stadtteil der «urigste» von allen: verwinkelte, superschmale Gassen mit uralten, winzigen Läden, kleinen Handwerksbetrieben und Osterien, abgewrackte Paläste – die aber meist noch immer einen herrlichen Innenhof haben – und verwahrloste Kirchen aus dem Rinascimento, nicht selten mit wertvollen Reliquien und Gnadenbildern, dazwischen Reste von antiken Bauwerken und auch einige wenige gut restaurierte Monumente aus frührömischer Zeit und dem Sei- und Settecento.

Bu-Bu liebte diesen Teil Roms, in den sich nur an wenigen Stellen Touristen «hineintrauten». Gelegentlich schlenderte er durch die Gassen, nur um den immer noch lebendigen Flair einer vergangenen Zeit in sich aufzunehmen. Von diesem Flanieren her war ihm eine Bottega in Erinnerung geblieben, über der ein altes, verdelltes Schild ein «Antiquariato e restauro libri» ankündigte. Dorthin ließ sich Bustamante fahren. Zwar war dieser Bezirk zu Recht eine Fußgängerzone, da man nur mit äußerster Aufmerksamkeit und Vorsicht durch die extreme Enge der Gassen hindurchfahren konnte und diese Schwierigkeit noch dadurch gesteigert wurde, dass eine Unmenge von quirlig dahereilenden Römern die Durchfahrt versperrte und sich viele Anwohner rechts und links der Sträßlein an Tischchen und kleine Hockern zu einem Plausch oder Umtrunk niederließen. Reklametafeln und Menü-Ankündigungen der Gaststätten, Ständer mit Lockangeboten der Geschäfte und eine Unzahl von mitten auf der Gasse im Sonnenlicht oder auch im Schatten schlummernden und träumenden Hunden taten ein Übriges. So musste der Questore Blaulicht auf seinen Wagen setzen, um überhaupt eine Chance zum Durchkommen zu haben. Aber genau diese Verkehrssituation brauchte er für seine «Falle»; es sollte keiner hier so ohne weiteres mit einem Auto auftauchen können.

Die anvisierte Bottega des Antiquariats mit einer angeschlossenen Werkstatt zur Restaurierung alter Bücher war Gott sei Dank größer als erwartet, sie bestand aus wenigstens drei hintereinanderliegenden Räumen (Verkaufsraum, Werkstatt und Büro) und machte im Vergleich zu den benachbarten «ripostiglios» («Rumpelkammern») einen vorzüglichen Eindruck.

Nach einem intensiven und erfolgreichen Gespräch mit dem etwa vierzigjährigen Inhaber, Gianfranco Massa, der sich gern, sogar sehr gern der Polizei zur Verfügung stellte, ging's schnell zurück zur Dienststelle im Justizpalast. Unterwegs ein nochmaliger Anruf an die für die Restaurierung von alten Büchern zuständige Stelle der Biblioteca Nazionale.

Die weiteren Telefonate erledigte Bu-Bu von seinem Büro aus: Gespräche mit der kriminaltechnischen Abteilung der römischen Kripo, dann Gespräche mit dem Chef der Sala Stampa, der Pressestelle des Vatikans, der zugleich Pressesprecher des Papstes und Direktor des Centro Televisione Vaticano war, Telefonate weiter auch mit dem Nachrichtenchef der RAI Uno, des wichtigsten italienischen Fernsehsenders, mit einigen italienischen Presseagenturen, mit dem «Messagero» und der «Corriere della Sera», zwei großen italienischen Zeitungen. Danach machte sich ein großes «Uff!» aus dem innersten Herzen des Questore Luft. Jetzt war alles, fast alles vorbereitet. Die große Dienstbesprechung konnte beginnen.

Nach einer herzlichen Begrüßung vor allem der «Neuen», gemeint waren der Monsignore und Fil, kam der Questore schnell zu Sache. Er gab zunächst die letzten Informationen weiter und konnte es nicht lassen, nochmals das Bild vom vorschnellen «Schlagen zweier Türme» beim Schachspiel zu verwenden, so gut hatte ihm dieser Vergleich Morrenis gefallen.

«Wir, oder wenigstens ich habe wohl zu früh geglaubt, dass wir auf dem richtigen Weg sind, wenn wir die Sache mit dem verlorengegangenen Brief Kaiser Kangxis klären. Mittlerweile zeigt sich, dass dies nur ein zufälliges Randthema unseres Falles war. Ich gehe jetzt von folgendem Szenario aus: Um an die für China, aber offenbar auch für andere fernöstliche Staaten wichtigen Dokumente des Friedensvertrags von Nertschinsk zu kommen, die die Jesuiten nicht verkaufen wollten, nahm man einen ‹kleinen Mord› in Kauf. Was es mit diesem Friedensvertrag, von dem ich vorher auch noch nie gehört hatte, auf sich hat, erkläre ich euch später. Man tötete Pater Gu, um ihn durch einen Geheimdienstmann zu ersetzen. Dieser musste am Vortag die gewünschten Archivalien anfordern, so dass sie auf einem Arbeitstisch im Lesesaal präsent waren, also sozusagen ‹griffbereit› dalagen. Überdies hatte er seine Kumpanen bei Nacht in die Jesuitenkurie hereinzulassen. All das schien umso leichter zu gehen, als kaum einer von den Jesuiten den ‹richtigen› Pater kannte. Dass man noch einen zweiten ‹kleinen Mord› verübte, war nicht geplant. Aber die schwerverletzte Dottoressa musste als zufällige Zeugin aus dem Weg geräumt werden. Dennoch kamen die Geheimdienstleute nicht ans Ziel, weil – was sie nicht wissen oder ahnen konnten – wichtige, offen auf den Arbeitstischen herumliegende

Archivalien über Nacht wieder unter Verschluss genommen werden.

Die Männer suchten – wie das Chaos am folgenden Morgen bewies – zwar noch im Lesesaal und im Magazin herum, fanden aber nichts, genauso wenig wie sie den sehr gut versteckten Tresorschrank entdeckten. Was also jetzt? Da die Leute vom chinesischen oder einem anderen Geheimdienst keinerlei sie belastende Spuren hinterlassen haben … Ach übrigens, mal schnell zwischendurch bemerkt: Natürlich müssen diese Täter nicht identisch sein mit den Leuten von der ‹Handelsdelegation›, wie wir sie genannt haben. Das wird sich erst noch zeigen müssen. Dennoch ganz kurz die Frage an Steve: Ist die ‹Handelsdelegation› noch in ihrem römischen Hotel?»

«Ja, ich habe vorsichtig nachgefragt! Und ich hab jetzt auch ihre Namen in Erfahrung gebracht. Sie heißen Song Huarong, …»

«Hör auf!», unterbrach ihn der Questore, «ich kann mir chinesische Namen ohnehin nicht merken. Sag uns lieber: Was tun sie den ganzen Tag?»

«Ich habe aus einem vatikanischen Polizisten, der ihnen zwar nicht rund um die Uhr, wohl aber gelegentlich folgt, herausgebracht, dass sie unter anderem nochmals das Vatikanische Geheimarchiv und dann auch das Archiv der ‹Propaganda fide› besucht haben. Nachdem die Sache mit dem ARSI nicht geklappt hat, forschen sie offenbar nach, wo man sonst noch Abschriften des Friedensvertrags finden könnte. Zwischendurch waren sie auch mal in der Basilica di S. Paolo fuori le mura und haben sich dort im Kreuzgang kurz mit den chinesischen Bischöfen getroffen. Am nächsten Tag fand ein weiteres Treffen mit den Bischöfen in der Chinesischen Botschaft statt, soweit man das jedenfalls von außen vermuten konnte. Also irgendwie scheint die ‹Handelsdelegation› doch auch mit der Überwachung der Bischöfe zu tun zu haben.»

«Na, schau mal an!», bemerkte Bu-Bu. «Und was ist mit den tadschikischen Geheimdienstleuten, von denen du mir gestern erzählst hast? Mittlerweile habe ich von Pater Varanone erfahren, dass sich auch Tadschiken für die Dokumente interessierten.»

«Nein, über den tadschikischen Geheimdienst habe ich rein gar nichts herausbekommen können!»

«Nun, jedenfalls: Weil die Leute von welchem Geheimdienst auch immer keinerlei sie belastenden Spuren hinterlassen haben und die Indizien zu einer Verhaftung oder gar zu einem Prozess nicht ausreichen, sehe ich nur zwei Möglichkeiten: Entweder müssen wir uns geschlagen geben, das heißt die beiden Morde werden nicht gesühnt, oder wir versuchen, den Tätern, wer immer das ist, eine Falle zu stellen. Natürlich ist wie auch bei wilden Tieren immer offen und fraglich, ob sie überhaupt in die Falle tappen und diese dann auch zuschnappt. Wenn nicht, dann müssen wir uns halt – Möglichkeit Nummer eins – geschlagen geben. Ich habe jedenfalls alles für die Falle vorbereitet.»

Schon bei seinen letzten Worten war Rosalinda in das Besprechungszimmer eingetreten. Gerade hatte sie telefonisch die Nachricht erhalten, dass Professor Bertoloni soeben an den Folgen seines Sturzes gestorben sei.

«Es tut mir leid, sehr leid!», sagte der Questore. «Ich hätte besser aufpassen sollen. Er ist nach allem, was wir jetzt wissen, nicht des Mordes schuldig. Seine Aussagen haben sich insoweit als zutreffend erwiesen. Aber vielleicht ist es für ihn bei seiner Persönlichkeitsstruktur wirklich besser, dass er tot ist. Denn all die ‹Anpassungen an diese Welt›, in die er hineingerutscht ist, würden ihn vermutlich nie wieder richtig aufatmen lassen.»

Jeder merkte, wie betroffen der Questore von der Todesnachricht war. Nach einer kleinen Pause fügte er an: «Gott, falls es ihn gibt, möge seiner Seele, falls er eine hat, im ewigen Leben, falls ein solches stattfindet, gnädig sein!»

Obwohl der Questore den letzten, an Voltaire erinnernden Satz keineswegs ironisch gemeint, wohl aber mit Blick auf die Anwesenden sehr bewusst pointiert formuliert hatte, mussten alle, auch Msgr. Morreni, trotz der tragischen Situation lächeln. Denn in dieser Bemerkung steckte wahrlich der ganze Agnostiker Bu-Bu «in carne e ossa» – wie er leibte und lebte.

Im Folgenden stellte der Questore seinen Plan vor. Noch heute Nachmittag, gleich um fünf («Wir müssen jetzt ganz schnell handeln!»), sollte eine riesige, aufwendige Pressekonferenz in der Sala Stampa des Vatikans stattfinden. Dazu hatte er schon per Telefon das Fernsehen, die wichtigsten Presseagenturen und große Zeitungen eingeladen in der Hoffnung, dass so die wichtigsten Informationen dieser Pressekonferenz überallhin verbreitet würden. Zu den ‹Desinformationen›, die der Questore streuen wollte, sollte auch ein «trucco» (Trick, Finte, Schmäh) gehören, der vielleicht, vielleicht die Geheimdienstler zu einer falschen Initiative veranlassen könnte.

Nachdem die Details besprochen und die einzelnen Aufgaben verteilt waren, machten sich alle schleunigst auf den Weg, mit Ausnahme von Fil. Mit ihm hatte Bustamante etwas ausführlicher zu sprechen. Fil war ja neu dazugestoßen und bisher in diesem Fall noch nicht aufgetaucht. Eben deswegen hatte der Questore ihn für eine Spezialaufgabe vorgesehen, die er ihm kurz erläuterte.

Der Vatikanische Pressesaal an der Via della Conciliazione war recht gut besetzt. Die Telefonate des Questore an die wichtigsten Medien hatten ihre Wirkung nicht verfehlt. Man erwartete spannende Neuigkeiten. Zunächst berichtete Bustamante von den bisherigen Ermittlungen im Mordfall Michaela Surlì, der den Medien bisher nur eine kurze Notiz wert gewesen war. Dann aber setzte er neu an:

«Der wahre Hintergrund dieses Falles ist nach all dem, was wir bisher ermitteln konnten, politischer Art. Man muss dazu wissen, dass der 1689 geschlossene Friedensvertrag von Nertschinsk zum Schicksal der russisch-chinesischen Beziehungen gehört, im Guten wie im Schlechten, bis in die jüngste Zeit hinein. Da dieser Vertrag aber in verschiedenen Varianten vorliegt, die gerade als solche immer wieder zu neuen Auseinandersetzungen führten, haben derzeit gewisse politische Kreise ein Interesse daran, wichtige, im Archiv der Gesellschaft Jesu magazinierte Varianten an sich zu reißen. Offenbar haben sie dafür zwei ‹kleine Morde› (Bustamante gefiel diese makabre Bezeichnung, die ihm bei der Dienstbesprechung spontan gekommen war, weil ihm die Morde so sinnlos, so zufällig und in diesem Sinn so «klein» erschienen) in Kauf genommen, nämlich den an Pater Gu und an der Dottoressa Surlì.

Aber sie sind nicht an ihr Ziel gelangt, die von ihnen gesuchten Dokumente zu erlangen. Und zwar aus einem lächerlich-einfachen Grund nicht. Denn – und jetzt begann der große ‹trucco› des Questore und das Aufstellen seiner Falle! – als die Magazziniera am Donnerstagmorgen die Dokumente des Friedensvertrags einem als Jesuit verdeckt agierenden Geheimdienstmann zur Einsicht herausgab, stellte sie fest, dass diese wichtigen Archivalien dringendst der Restaurierung bedurften. Als sie darum ab Mittag nicht mehr gebraucht wurden, trug sie diese noch am frühen Abend zu einem Restaurator, der auf die ‹Therapie› altchinesischer Handschriften spezialisiert ist. Die Täter, die in der Nacht in das Archiv eindrangen, fanden also nichts. Ihr ‹Angriff› war durch einen reinen Zufall wirksam abgewehrt worden.»

Ein Journalist meldete sich: «Und werden Sie die Täter noch ergreifen können?»

«Ich befürchte ein wenig: Nein! Sie haben keinerlei auswertbare Spuren hinterlassen, und wir haben auch noch keinerlei Anhaltspunkte, wo wir ansetzen könnten, um die Identität der Täter festzustellen, auch wenn wir vermuten – vermuten (!), aber diese Vermutung werde ich keineswegs in der Öffentlichkeit preisgeben –, wer *letztlich* dahintersteckt.»

Ein weiterer Journalist hob die Hand: «Befürchten Sie nicht, dass Sie durch die Informationen, die Sie uns da gerade gegeben haben, schlafende Hunde wecken? Was ist, wenn in den nächsten Tagen bei diesem Restaurator eingebrochen wird und auf diese Weise die Dokumente doch noch verschwinden?»

Bustamante lächelte freundlich. Und das nicht nur aus taktischen Gründen. Diese Frage hatte er vorher mit dem Chefredakteur des «Messagero» abgesprochen. Denn die Falle, die er da aufgestellt hatte, durfte nicht als zu «naiv» erscheinen und als solche gleich durchschaut werden können.

«Danke für diese Frage! Aber sehen Sie: Erstens wissen die Täter ja nicht, bei welchem Restaurator sich die Dokumente befinden. Zweitens soll nach meiner Information die Restaurierung schon am Donnerstag abgeschlossen sein. Und dann werden die Archivalien wieder in das Archiv der Gesellschaft Jesu unter noch größeren Sicherheitsmaßnahmen zurückgestellt. Drittens bin ich sicher, dass auch der Restaurator die Dokumente nicht einfach herumliegen lässt. Und viertens vermuten wir, dass die Täter nach ihrem Misserfolg bereits Italien verlassen haben. Es stellt für sie ja auch ein zu großes Risiko dar, als Mörder schließlich doch noch gefasst zu werden. Also kurz: Ich dachte, in diesem Fall hat die Information der Presse einen höheren Stellenwert als skrupulöse Zurückhaltung, die mit einiger Sicherheit unnötig ist.»

Noch ein paar nichtssagende Fragen und ebensolche Antworten. Dann war die Pressekonferenz zu Ende und die Zeit des Wartens begann.

Werden die Täter in die Falle laufen? Vorbereitet war dafür alles. Dabei gab es zwei Möglichkeiten. *Entweder* würde man beim Archiv der Gesellschaft Jesu anrufen, um in Erfahrung zu bringen, bei welchem der vielen Buchrestauratoren sich die Dokumente befänden. Die Sekretärin des Archivs war auf einen solchen Anruf vorbereitet. Dennoch hielt Bustamante einen solchen Anruf für unwahrscheinlich, weil er für die Täter viel zu gefährlich und risikoreich war. *Oder* aber die Täter würden versuchen, sich selbst kundig zu machen. Nun gab es aber in Rom, wie Bu-Bu bei der Biblioteca Nazionale erfahren hatte, faktisch keinen einzigen auf altchinesische Dokumente spezialisierten Restaurator. So konnten auch die Täter selbst keinen ausfindig machen. Es würde ihnen also gar nichts anderes übrig bleiben, als sich bei einer hochkarätigen zuständigen Stelle zu erkundigen. Und das konnte eigentlich nur die für die Restaurierung von alten Büchern zuständige Sektion der Biblioteca Nazionale sein. Wenn sie dort nun anrufen und fragen würden, wer in Rom auf chinesische Bücher und Dokumente spezialisiert sei, würden sie die entsprechenden Informationen erhalten – gemäß den genauen Instruktionen, die Bustamante gegeben hatte.

Falls die Täter also überhaupt in die Falle gingen – falls! –, mussten sie eine der beiden Institutionen anrufen oder auf andere Weise bei ihnen vorstellig werden.

Da das Fernsehen am Abend, die Presse erst am folgenden Morgen über die Pressekonferenz berichten konnten, hatte man frühestens ab Mittwochmorgen mit einem Anruf zu rechnen. Dann aber würde das Ganze sehr schnell ablaufen. Denn gemäß der bewussten Desinformation des Questore würden die Archivalien ja schon am Donnerstag ins Archiv zurückkehren. Also blieb für einen Einbruch beim Restaurator, wenn überhaupt, einzig und allein die Nacht von Mittwoch auf Donnerstag übrig.

Bis dahin also: Warten! Und dies hielt Bu-Bu nur sehr, sehr, sehr schwer aus. Kurz entschlossen rief er Msgr. Morreni an: «Sag mal, hast du nicht Lust, morgen mit mir auf einen Berg zu gehen, um uns die Wartezeit zu vertreiben? Ich kenne da einen sehr schönen, nicht zu hohen und zu anstrengenden Berg in einer phantastischen Gegend, den Monte Tarino. Mit seinen 1960 Metern gehört er zu den höchsten der Monti Simbruini in den Abruzzen, ganz in der Nähe übrigens des faszinierenden Wallfahrtsortes ‹Santissima Trinità›. Hättest du nicht Lust? Anschließend gehen wir dann gut essen. Und dann sind wir für alles Kommende gewappnet.»

«Ach, lieber Teofrasto!» Es war das erste Mal, dass Morreni diesen von Bustamante überhaupt nicht geliebten Vornamen verwendete. «Weißt du, ich bin in meinem ganzen Leben noch nie weiter als höchstens ein bis zwei Kilometer zu Fuß gegangen. Nein, das musst du dir ‹abschminken›! Können wir denn nicht gemeinsam etwas mit dem Auto unternehmen?»

Bu-Bu hatte eine Idee: «Wir können ja morgen in aller Herrgottsfrühe mit dem Auto bis zum Parkplatz an der ‹Santissima› fahren. Du gehst dann herunter zum Santuario, höchstens eine Viertelstunde zu Fuß, schaust dich da um, betest Brevier, feierst Gottesdienst, und ich steige derweil auf den Tarino. In gut drei Stunden bin ich zurück. Du hast dann ‹ausgebetet›, und ich hole dich dann am Santuario ab. Wir fahren zusammen nach Vallepietra. Du weißt: dort ist mein liebster Landgasthof. Da werden wir dann exzellent und dabei noch ungeheuer preisgünstig essen!»

So wurde es ausgemacht. Und nachdem Bustamante noch einige Anweisungen an Luccio und Fil für die «Falle» der morgigen Nacht gegeben hatte, stand mal wieder eine andere «Falle», nämlich sein Bett, im Vordergrund des Interesses.

***

Als man im Morgengrauen auf dem Weg zur «Santissima Trinità» hinter den «Altipiani di Arcinazzo» in das nach Vallepietra führende Tal hinabfuhr, geriet man in dichtesten Nebel, der aber kurz vor dem Parkplatz des «Santuario» völlig verschwand und so dem Sonnenaufgang eines herrlichen Frühsommertages gewissermaßen Platz machte. Bu-Bu schlug sogleich den nicht immer eindeutig bezeichneten Wanderweg ein, der zunächst ziemlich sanft, dann immer steiler werdend, über die Vorgipfel der Morra Costantino und des Monte Tarinello von 1250 Metern auf gut 1960 Meter ansteigt. Eine hinreißende Gegend voller Bächlein und Quellen und deshalb auch tiefgrüner Wiesen, Gärten und Macchia-Wälder! Bustamante liebte dieses Stückchen Erde über alles; er konnte nie genug davon haben.

Vom Monte Tarino aus hatte man eine bezaubernde Aussicht auf große Teile der Abruzzen: ganz in der Ferne der Corno Grande des Gran Sasso, links davor der ziemlich beschwerliche Monte Velino, an dem vor Jahren einer von Bu-Bus Freunden sein Leben lassen musste, und ganz vorn der liebenswürdige Monte Autore, an dessen Abhängen, in einer gewaltigen Conca, einer riesigen Gebirgsnische mit steilen, überhängenden Felsen, das Santuario der heiligsten Dreifaltigkeit lag.

Die Szenerie war so gewaltig, ja überwältigend, dass man sogleich begriff, warum es hier schon in vorchristlicher Zeit einen Kultort gab. In der römischen Kaiserzeit war es ein Nymphäum, weil unterhalb der Conca ein Zufluss des Aniene entsprang, der seinerseits nach ungefähr zwanzig Kilometern die Fischteiche Neros in Subiaco (= sub lacum) speiste. Offenbar hatten dann Mönche aus dem Osten den heidnischen Nymphenkult durch die Verehrung der Trinität abgelöst. Der nahe Flecken «Cappadocia» – Kappadozien war im Frühchristentum eine typische Mönchsgegend – gab davon noch Kunde.

Bu-Bu musste sich auf dem Rückweg beeilen. Er hatte seinem Freund mit «gut drei Stunden» eine viel zu knappe Zeit angegeben. Aber als er nach fast vier Stunden atemlos und vor Schweiß triefend am Santuario ankam, kniete dieser – trotz des unfrommen Händlertrubels rings um das

Heiligtum – noch immer in frommer Meditation vor dem riesigen, auf blanken Fels gemalten Fresco, das drei in hieratischer Starre separat nebeneinandersitzende, absolut gleich aussehende Personen, eben die des dreifaltigen Gottes, darstellte.

«Darf ich dir eine Sache erklären?», fragte Bustamante den Monsignore. «Ich ärgere mich immer darüber, wenn die meisten Kirchenleute meinen und dann auch noch weitergeben, die erhobene Hand der drei Personen mit dem zusammengelegten Daumen und Zeigefinger sei ein Segensgestus. Das ist völlig daneben! Es geht hier um den antiken Gestus des Rhetors, also dessen, der spricht, der etwas zu sagen hat, ‹der das Wort hat›. Siehst du, und jetzt zeigt jede dieser göttlichen Personen den gleichen Gestus. Alle drei haben auch ein Buch in der Hand. Zeichen dafür, dass alle drei an der Gottesoffenbarung beteiligt sind. Das klingt vielleicht so schrecklich ‹normal›. Aber in Wirklichkeit ist das theologisch ziemlich aufregend. Denn nach üblicher Kirchenlehre ist ja nur dieser Jesus das ‹Wort›, der, der das Buch in der Hand hält und Gott offenbart. Hier aber sind alle drei Personen als Offenbarer dargestellt.

Und deshalb bin ich sicher, dass hinter diesem Bild der berüchtigte und als Ketzer verurteilte Mönch Joachim von Fiore steckt, der übrigens nachweislich damals Verbindungen mit dieser Gegend hatte. Joachim vertrat die Auffassung: Der Vater offenbart sich von der Schöpfung an bis zum Kommen des Sohnes, der Sohn offenbart sich in der institutionell verfassten Kirche, und dann kommt der Geist, der sich in der Freiheit, im freien Wehen des Geistes, offenbart und nicht mehr in der Enge, Sturheit, Verbohrtheit und Weltfremdheit des Zwangssystems Kirche.»

«Lieber Teofrasto, jetzt bist du mal wieder bei deinem Thema!», lächelte der Monsignore.

«Hör bloß auf, mich bei diesem blöden Namen zu nennen. Nachdem meine Mutter verstorben ist, hat mich nur noch ein halb dementes Dienstmädchen so genannt. Wenn schon, dann nenn mich bitte so, wie mich alle Freunde nennen: Bu-Bu oder, wenn du mich ärgern willst: ‹Vice›!»

«Alles klar, Euer Ehren! Aber jetzt ab zum Essen nach Vallepietra!»

Morreni steuerte den Wagen das kleine Gebirgssträßlein hinab. Währenddessen konnte der Questore Rosalinda anrufen. Und tatsächlich: Sie gab ihm die lang ersehnte, gute Nachricht: Es hatte tatsächlich geklappt, da war jemand in die Falle gegangen. Ein Herr Sin Lin Pei, von einer privaten chinesischen Kulturstiftung in Rom, hatte sich bei der Nationalbibliothek nach einem Restaurator für chinesische Handschriften erkundigt. Und «natürlich» konnte man ihm weiterhelfen. Da käme nur der Restaurator Gianfranco Massa auf der Via dei Pianellari in Frage. Und auch von dort gab es schon Erfolg zu melden. Noch am späten Vormittag sei ein Asiate erschienen, der den Chef sprechen wollte. Der «Chef», das war in Wirklichkeit Filippo Giollini, Fil. Er war der einzige Kommissar, der bisher in diesem Fall noch nicht aufgetreten war und deshalb von niemandem als Polizist identifiziert werden konnte. Bustamante hatte ihn gründlich für seine Aufgabe instruiert.

Der Asiate fragte den «Chef», ob er einige «therapiebedürftige» Dokumente zum restauro bringen könnte, es seien aber sehr, sehr wertvolle Dokumente.

«Wie sicher sind die denn eigentlich hier während der Zeit der Restaurierung?»

«Na, schauen Sie», antwortete der «Chef», «ich mache meinen Job schon seit fünfzehn Jahren, und es ist noch nie etwas passiert. Im Übrigen haben wir eine Alarmanlage. Gut, das bedeutet in Rom nicht viel. Wenn die Sachen wertvoll sind, schließen wir sie in einen Tresorschrank ein. Gut, den kann man knacken. Aber selbst wichtige Archive vertrauen mir ihre Dokumente an, zuletzt noch das Archiv der Gesellschaft Jesu. Also, Sie sollten da keine Angst haben! Wer von den römischen Dieben kennt sich schon in alten Archivalien aus! Wenn die was klauen wollen, gehen sie an gut aussehende Antiquitäten, aber nicht an verstaubte Folianten oder unlesbare Briefstücke. Nein, das ist alles ganz sicher!»

«Und wo bewahren Sie zum Beispiel die Archivalien des Jesuiten-Archivs, von denen Sie eben sprachen, auf?»

«Weil auch die angeblich wertvoll sein sollen, schließen wir sie abends in den Tresor ein.»

«Darf ich den mal sehen?»

Der «Chef» führte ihn in den zweiten Raum, eine Art Werkstatt, wo am rechten Ende ein uralter Tresor stand. Fil öffnete ihn und zeigte dem Kunden, dass unten einige «Libri preziosi» gestapelt waren und oben mit Ausnahme einiger Büroakten alles leer stand. «Wir sind noch dabei, den Archivalien der Jesuiten den letzten Schliff zu geben. Diese Nacht werden sie hier noch eingeschlossen und morgen bereits abgeholt. Wenn Sie also Arbeit für mich haben, kommen Sie am besten schon morgen Nachmittag vorbei. Dann habe ich Zeit!»

Der Asiate, vielleicht ein Chinese, habe dies zugesagt. So sei man ziemlich sicher, dass diese Nacht etwas «passieren» werde.

Bustamante war äußerst zufrieden, obwohl, obwohl … Irgendwie störte ihn, dass alles so «glatt» ablief. War doch noch irgendetwas faul? Nein, darüber wollte er jetzt nicht weiter nachgrübeln. Jetzt ging es darum, mal so richtig schön und in Ruhe zu essen.

Wie immer wurde er im Ristorante «Da Romano» aufs herzlichste begrüßt. Die Signora fragte ihn: «Wie immer?» – Und er: «Wie immer!» Das gehörte zum Ritual. Er hatte sich längst abgewöhnt, nach einer Speisekarte zu fragen oder selbst Wünsche zu äußern. Die Signora und die «vereinigte Küche» machten das schon. Und zwar hervorragend! Und das noch zu einem äußerst günstigen Preis! Nach einem Aperitivo mit einigen kalten und warmen Amuse-Gueule aus den Abruzzen gab es als Antipasto zunächst Schinken mit Zuckermelone. Aber was für Schinken! Angesichts dessen musste jeder Parma-Schinken rot werden (wobei ja ohnehin neunzig Prozent dieses Schinkens aus anderen EU-Ländern nach Parma transportiert und dort nur geräuchert werden). Dieser Schinken hier kam aus dem unweiten Guarcino. Einfach herrlich! Dann wurden zwei verschiedene «paste» serviert: Spaghetti ai porcini und hausgemachte Ravioli con mozzarella in einer exquisiten Tomatensoße. Als «Secondo» wurde dann gegrilltes Steak, «Bistecca ai ferri», serviert. Bustamante wollte mit jedem wetten, dass es in ganz Italien nirgendwo so saftige und wohlschmeckende bistecche gäbe. Den Obstgang ließ man aus und gönnte sich eine hinreichende Pause.

Monsignore Morreni versuchte, nochmals an das letzte Gespräch oben im Santuario anzuknüpfen. «Du hast oben große Worte über den Heiligen Geist von dir gegeben und böse Worte über die Kirche. Man hat mir vor kurzem im Vertrauen gesagt, du seiest vor vielen Jahren mal Priester gewesen. Ist der Zustand der Kirche der entscheidende Grund dafür gewesen, dass du dein Amt aufgegeben und sogar die Kirche verlassen hast?»

Bustamante brummelte: «Ja.»

«Ich will dir um Gottes willen nicht zu nahe treten. Aber nachdem wir uns jetzt schon recht gut kennen, riskiere ich mal eine Frage: Du hast schon oft gesagt, man muss bei seinem einmal gegebenen Versprechen bleiben, und ich nehme an, deswegen heiratest du wohl auch nicht. Okay! Aber du bist aus der Kirche ausgetreten und hattest doch nicht nur einmal, nein, unzählige Male versprochen – zum Beispiel in der Osternacht, vor den Weihen und so weiter – der Kirche treu zu bleiben?»

«Nun ja, das sind so kleine Widersprüche, mit denen man leben muss!», antwortete Bu-Bu kurz angebunden und schablonenhaft. Man merkte, die Frage war ihm unangenehm, und er wollte sich jetzt darauf nicht einlassen.

Aber dann schoss es mit einem Mal wie eine Urflut aus ihm heraus: «Schaut doch euren Saftladen an: dieses Karrieregehabe überall in der Kirche, besonders im Vatikan, Kleingeisterei, Verbohrtheit, Machtlust und Lüge, all das unter dem Vorwand, nur dem Evangelium zu dienen. Schon Papst Johannes Paul I. hat wörtlich gesagt: ‹Zwei Dinge sind im Vatikan sehr schwer zu bekommen: Aufrichtigkeit und eine Tasse Kaffee!› Das hat ihn, vermutlich nicht ohne Mittun kurialer Kreise, das Leben gekostet. Wie so manchen anderen Kirchenmann in den letzten Jahrzehnten auch. Oder denke an die Finanzskandale, die ja auch noch nicht so unheimlich lange her sind, und die damit verbundenen ‹Todesfälle›: Wer in diesem Punkt Schweinereien aufdecken wollte oder Enthüllungen ankündigte, war binnen kurzem tot. Zufall? Dass ich nicht lache! Wie viele Kardinäle waren und sind in politische und persönliche Affären verwickelt! Und da soll man in der Kirche bleiben und an sie bzw. ihr glauben? Selbst ein solcher Kirchenintegralist wie der heilige – heilige? –», er zuckte mit den Schultern, «Gründer des ‹Opus Dei› Josemaría Escrivá de Balaguer y Albás hat die Kirche als ‹Leichnam in stinkender Verwesung› bezeichnet.»

Weil der Monsignore schwieg, machte Bustamante weiter: «Man muss doch einmal deutlich sehen: Im Grunde hat die Kirche, ursprünglich eine Bewegung voller Geist und Leben, mit ihrem jetzigen, hochinstitutionalisierten System das Evangelium verraten. Statt mit ‹leichtem Gepäck› durch die Welt zu ziehen, hat sie sich ganz schön in ihr eingerichtet, sich ihr angepasst, wie der Professor Bertoloni zu Recht in seiner flammenden Schlussvorlesung dieses Studienjahres gesagt, aber eben nur gesagt, und dem Gesagten selbst gründlich zuwidergehandelt hat.

Natürlich bin ich Realist genug, um zu wissen, dass es ohne Formen von Institutionalisierung und Organisation auch in der Kirche nicht geht. Aber sie hat sich schon früh massivst und weithin kritiklos an Formen ‹dieser Welt›, sprich: der damaligen Gesellschaft, angepasst und damit auch ihr Amt – evangeliumswidrig – in Analogie zu weltlicher Herrschaft entwickelt. Wie hat sich doch das kirchliche Rechtssystem verfeinert, wie sehr hat sich die kirchliche Verwaltung mit ihrem bürokratischen Apparat, ihren Ämtern und Würdetiteln, ihren Machtansprüchen und -befugnissen vorgedrängt! Immer mehr! Und damit auch der Bedarf an Geld. Kirchliches Tun und Handeln verstand sich seitdem analog und parallel zum Tun und Handeln anderer gesellschaftlicher Institutionen. Effizient und machtvoll setzte die Kirche ihre Interessen, sprich: die

Interessen der Herrschenden, durch. Deswegen verstanden sich und verstehen sich doch viele Hirten der Kirche nicht als die ‹guten Hirten› des Evangeliums, sondern als ‹Hirten, die sich selber weiden›, nämlich unter den Vorzeichen von Herrschaft und Macht, ganz wie die politischen Machthaber, von denen sie nicht selten privilegiert, aber mehr noch instrumentalisiert werden.

Es gibt da ein sehr prägnantes Wort des Schweizer Bischofs Kurt Koch: ‹Die Christianisierung des römischen Imperiums hat unweigerlich auch zur Imperialisierung des Christentums geführt.› Genau so ist es! Und so hat sich dann eben aus der Jesus-Bewegung eine mächtige gesellschaftliche Institution herausgebildet. Gut, in ihrer Asche mag noch etwas vom Feuer des Evangeliums erhalten geblieben und weiter am Glimmen sein. Aber es sind eben Aschefunken ohne Feuer!»

«Einspruch, Euer Ehren! Nein, Bu-Bu, es glimmt nicht nur weiter, es schlug und schlägt immer wieder hohe und höchste Flammen und entfacht ganze Brände. Denk doch an die Heiligen, an geistliche Bewegungen und Aufbrüche. Die Heiligen, oft die kleinen und bescheidenen, die ‹reißen's raus›, die sind das ‹Gegengewicht› gegen alles Versagen!»

Morreni wollte schon weitermachen. Aber angesichts des Orkans an offenbar sehr tiefsitzenden und jetzt ungemein emotional herausgebrachten Vorwürfen Bu-Bus hielt sich der Monsignore einen Augenblick zurück, um innerlich ruhig zu werden. Dann fuhr er fort: «Alles, was du gesagt hast, mag ja stimmen. Aber du hast doch auch ganz andere ‹Typen› in der Kirche kennengelernt. Nimm nur mal deine jetzigen Ermittlungen: Da gibt's eben nicht nur einen Remigio Bertoloni, sondern auch die Jesuitenkommunität, den Hausoberen Pater Joannes Khoury und Pater General José Maria Bólan, den Guardian der Franziskaner, Pater Gaetano Buonaiuti, und… (er zögerte) ich hatte eigentlich den Eindruck, dass du mich selbst auch nicht gerade zu den kaputtesten kirchlichen Typen zählst.»

«Na ja, natürlich nicht! Aber ich habe mich eh schon immer gewundert, dass du in den Ränkespielen des Vatikans so ohne weiteres mitmachst.»

«Ja, ich mache mit! Nicht bei den Ränkespielen, aber in der Kirche, weil sich nur auf diese Weise etwas ändern kann. Da, wo ich stehe, versuche ich – *versuche* ich, mehr gelingt ohnehin nicht –, etwas vom Evangelium zu verwirklichen oder wenigstens Schlimmeres zu verhindern. Dabei habe ich stets eine künftige ‹andere›, evangeliumsgemäßere Gestalt der Kirche vor Augen, eine Gestalt, die sich auch schon abzuzeichnen beginnt, nicht bei den Hierarchen, wohl aber bei den kleinen, einfachen Leuten.»

Und nach einer längeren Pause: «Ich sage dir mal etwas, was ich noch nie jemandem gesagt habe: Jede Woche verlasse ich einen Tag den Vatikan, ziehe meine klerikalen Klamotten, die ich wohl oder übel tragen muss, aus und kümmere mich zusammen mit einigen schlichten Laien aus der Pfarre S. Vincenzo, die selbst nur das Notwendigste zum Leben haben, ganz handfest um Tippelbrüder und illegal Eingereiste. Ich wasche ihre Sachen, koche ihnen Suppe und pflege sie, wenn sie krank sind. Das sage ich wirklich nicht, um mich zu rühmen. Ich will damit nur sagen: Es gibt im Verborgenen Menschen, die im Sinne des Evangelium zu leben versuchen. Aber nur, indem man in der Kirche bleibt, hat das eine Chance und findest du Menschen, die mittun.»

Kleine Pause. Dann: «Im Übrigen bleibe ich im Unterschied zu dir ein hoffnungsloser Optimist. Ich tröste mich oft mit einem meiner liebsten Zitate, mit einem Wort von Léon Bloy: ‹Reformen in der Kirche kommen durch zweierlei: entweder durch den Heiligen Geist oder durch die Kosaken. Meist durch die Kosaken!› Ein herrliches Wort! Ganz selten kommen Reformen aus innerem Antrieb, aus dem geistlichen Innern der Institution Kirche. Meist werden sie von außen erzwungen. Allerdings würde ich sagen: Gerade darin wirkt dann auch der Geist. Und ‹die Kosaken› – die kommen, da bin ich ganz sicher, todsicher. Sie kommen. ‹Die Füße derer, die das jetzige kirchliche System als tot und erledigt heraustragen›, siehe Apostelgeschichte 5, stehen schon vor der Tür!»

Bustamante antwortete nicht, sondern schwieg in sich hinein, wie es schien, ein wenig verunsichert. Dann nur noch: «Okay, gehen wir zum Nachtisch über!»

Es gab gut gekühltes «Millefiori con frutta di bosco». Köstlich! Dann noch verschiedene Sorten an «digestivo» und «cafè». Alles in allem: eine «runde Sache»!

Der einzige Nachteil dieses zauberhaften Essens bestand darin, dass der Monsignore fahren wollte und Bustamante für die Nacht einen klaren Kopf behalten musste und man deshalb nur wenig trinken konnte.

Wieder in der Città angekommen, überprüfte Bustamante, ob alle Vorbereitungen für die «Falle» getroffen waren. Er selbst wollte zusammen mit Fil im Büro des Antiquars den Einbruch abwarten und ihn an einem Bildschirm, der die Aufnahmen dreier Infrarot-Nachtkameras wiedergab, beobachten. Letztere waren von der kriminaltechnischen

Abteilung der römischen Kripo unentdeckbar in hervorragender Weise montiert worden. Luccio sollte draußen in der Nähe von einem Zivilfahrzeug aus die Vorgänge im Auge behalten. So weit, so gut.

Das Problem bestand nur darin, dass man nicht wusste, wer den Einbruch verüben würde: die Täter selbst (wer immer die sein mochten) oder Strohmänner, die vorgeschoben würden, zum Beispiel römische Diebe, die auf das Knacken eines Tresors spezialisiert waren und dies auch gegen ein gutes Honorar für andere machen würden? Man durfte also nicht sofort zuschlagen, sondern musste erst in Erfahrung bringen, wohin die Archivalien, die natürlich von Anfang an gegen sehr überzeugend aussehende Kopien ausgetauscht worden waren, gebracht würden. Eines durfte dabei auf keinen Fall geschehen: Die Dokumente durften nicht an der chinesischen oder tadschikischen oder sonst einer Botschaft landen. Denn wegen der diplomatischen Immunität würde dies das Ende jeder Zugriffsmöglichkeit bedeuten.

Deswegen waren in der Nähe der Chinesischen Botschaft – diese kam noch am ehesten in Frage (schließlich konnte man nicht alle asiatischen Botschaften bewachen) – Mitarbeiter des Servizio per le Informazioni e la Sicurezza Democratica, des italienischen Inlandsgeheimdienstes postiert, die gegebenenfalls den nächtlichen Zugang verdächtiger Personen zur Botschaft unter irgendwelchen Vorwänden verhindern sollten. In ihrer Nähe befand sich Steve, um, falls notwendig, mit einzugreifen. Die Tadschikische Botschaft, die sich an der Piazza Barberini befand, sollten die Carabinieri, die ohnehin auf der Via S. Nicolò da Tolentino das Büro der israelischen Luftlinie «El Al» rund um die Uhr bewachten, wenigstens von weitem im Auge behalten.

Über die tadschikischen Agenten hatte Steve nichts mehr in Erfahrung bringen können, auch nichts über ihr römisches Quartier. Einen Direktflug Rom – Duschanbe gab es mehrmals wöchentlich nur mit den Turkish Airlines. Aber da man die Namen der Geheimdienstleute nicht kannte, konnte man der Passagierliste der folgenden Tage auch keinerlei relevante Information entnehmen. So musste sich «auf gut Glück» alle Aufmerksamkeit auf die chinesische ‹Handelsdelegation› konzentrieren: Marco sollte ab circa neun Uhr abends den «Albergo internazionale», in dem die chinesischen Geheimdienstler wohnten, überwachen.

Da er mittlerweile deren Namen kannte, hatte er sich am Vormittag in Fiumicino am Abfertigungsschalter der Air China die Passagierliste für die morgigen Flüge nach Peking geben lassen. Das Flugzeug, das gegen acht Uhr früh startete, war ausgebucht, aber die Namen der drei Geheimdienstmänner kamen in der Passagierliste nicht vor. Große Enttäuschung! Doch dann informierte ihn die Angestellte darüber, dass im Falle der Ausbuchung eines Direktfluges manche Passagiere den Weg über Frankfurt wählten. Es gebe da eine sehr günstige Verbindung, die fast zeitgleich mit dem Pekinger Direktflug von Rom nach Frankfurt starte, dort einen sofortigen Anschluss nach China habe und nur unwesentlich später als die Direktmaschine in Peking lande. Marco ging der Sache nach. Und siehe: die drei ‹Handelsdelegierten› hatten diesen Flug gebucht. Das war also die letzte Gelegenheit, sie zu schnappen, falls – ja, falls! – sie tatsächlich die Täter waren.

Das alles war also bestens vorbereitet. Aber Bu-Bu sorgte sich vor allem um jene Aufgaben, die nicht Leute aus seiner Dienststelle, sondern «normale» Carabinieri zu vollbringen hatten. Da man ja nicht wusste, wer da einbrechen würde und wohin die Dokumente gebracht würden, musste man die oder den Täter auf ihrem/seinem Weg verfolgen. Und dafür waren eine Reihe von Carabinieri, einigermaßen versteckt, an allen Kreuzungen in der Nähe der Via dei Pianellari postiert worden. Hoffentlich würden die es schaffen, die Täter zu verfolgen, ohne dass die es merkten!

Ab neun Uhr am Abend meldeten alle Mitarbeiter per Handy dem Questore, dass sie auf ihrem Posten seien. Steve ließ bei dieser Gelegenheit wissen, dass die drei Männer des chinesischen Geheimdienstes ganz locker in der Hotelbar beim Würfelspiel und bei riesigem Bierkonsum säßen. Er würde weitere Informationen geben, falls die drei sich von der Stelle rührten.

Jetzt konnte man nur noch warten. Bu-Bu und Fil machten es sich, so gut es ging, im Bürozimmer von Massa bequem. Fil machte einen zerfahrenen, unruhigen Eindruck. Gefragt, was los sei, sagte er, dass ausgerechnet heute Abend bei seiner Frau erste Vorzeichen von Wehen begonnen hätten. Zwar seien seine Eltern bei Carla, um ihr gegebenenfalls beizustehen und sie in die Klinik zu bringen, aber … Bustamante nickte:

«Stell nur um Gottes willen dein Handy ab! Nicht dass das plötzlich zu klingeln beginnt, wenn im Vorzimmer eingebrochen wird!»

«Nein, ganz abstellen werde ich es nicht, sondern nur den Klingelton unterdrücken. Die Vibration werde ich anlassen; die hört ein Außenstehender ja nicht, wenn das Cellulare in der Hosentasche ist.»

Die Nacht wurde lang und länger. Und warten – das war

überhaupt keine Sache für Bu-Bu. Er pflegte zu sagen: Von allen Tugenden habe ich ein Mehr oder Weniger, meist ein Weniger, aber von der Geduld habe ich rein gar nichts! Als die Nacht sich zog, entsann er sich eines französischen Chansons von Père Duval, das er während seiner Studienzeit gern gesungen hatte: «Pourquoi, Seigneur, pourquoi, pourquoi? Pourquoi, Seigneur qui fis le monde, pourquoi tu fis la nuit si longue, si longue, si longue, si longue pour moi?» (Warum, Herr, warum, warum? Warum, Herr, der du die Welt gemacht hast, hast du die Nacht so lang gemacht, so lang, so lang, so lang für mich?) Er bekam den Vers die ganze Nacht nicht aus den Ohren. Ja, das «si longue» wurde immer dringlicher.

Endlich, endlich gegen 2.30 Uhr hörte man ein leises Knacken, die Kameras schalteten sich geräuschlos automatisch ein, und man sah im undeutlichen Grünlicht der Nachtsichtkameras eine Person, die dabei war, im Eingangsbereich die Alarmanlage auszumanövrieren. Dann machte sie sich, nur mit einer Taschenlampe und ein, zwei nicht sehr großen Werkzeugen bewaffnet, an den Tresor im zweiten Zimmer, der Werkstatt. Eins-zwei-drei war dieser offen. Es war auch wirklich ein uraltes Exemplar, fast schon ein museales Prachtstück. Bustamante und Fil versuchten die Gesichtszüge des Täters zu erkennen. Das war bei diesem Licht außerordentlich schwierig. Aber eines schien sicher zu sein: es war kein Asiate, eher ein Italiener. «Wahrscheinlich einer von unseren römischen Ganoven», flüsterte Fil. Bu-Bu nickte. Der Mann griff in den Tresor hinein, zog das Bündel der präparierten Papiere heraus, musterte es nur ganz kurz (es gab ohnehin keine Alternativen, die man hätte stehlen können), steckte es in eine Umhängetasche, und schon war der Spuk vorüber. In weniger als fünf Minuten! Jetzt galt es herauszubekommen, wohin der Dieb seine Beute bringen würde.

Bu-Bu nahm sein Handy und rief bei Steve an. Dort war alles ruhig. Irgendwann spät in der Nacht hatten die drei Männer die Bar verlassen, waren aber nicht aus dem Hotel hinausgegangen, sondern hatten sich offenbar in ihre Zimmer zurückgezogen. Auch Marco meldete bislang keinerlei Bewegung an der Chinesischen Botschaft. Luccio konnte jetzt seinen Posten verlassen und persönlich zum Antiquariat kommen. Er bestätigte, dass ein einzelner Mann, wohl kaum ein Asiate, die Tat begangen hatte. Ebenso gemächlichen Schrittes, wie er gekommen war, war er auch zu Fuß in Richtung nördliches Ende der Piazza Navona von dannen geschlichen. «Hoffentlich verlieren die Carabinieri ihn nicht aus den Augen!», stöhnte der Questore und rief deren Einsatzleitung an. Die wusste aber noch nichts Neues.

Eine bange halbe Stunde verstrich. Da rief der Oberst der Carabinieri an und erklärte kleinlaut, der Täter sei seinen Männern leider, leider, leider entkommen. Er habe die erste Zeit immer ganz bedächtig einen Fuß vor den andern gesetzt, und man habe ihm gut aus größerer Entfernung folgen können. Mit einem Mal habe sich ein Zwischenfall ereignet. «Von der Piazza Navona aus raste mit einer Wahnsinnsgeschwindigkeit ein Motorrad auf den Dieb zu, entriss ihm die Umhängetasche und machte sich sofort in einem Affentempo davon. Das ging alles so schnell, dass man nicht einmal entscheiden konnte, ob der Motorradfahrer die Tasche gegen den Willen des Diebes an sich gerissen hatte oder ob es eine geplante Übergabe war. Jedenfalls war das Motorrad sofort weg, und der Dieb verschwand im Gewirr der Gassen hinter der ‹Anima›.»

Man habe dann wirklich intensiv nach ihm gesucht. Aber die Gegend sei dort so unübersichtlich, dass keine Chance bestand, ihn zu finden, zumal dann nicht, wenn er sich urplötzlich in ein Haus begeben hätte. «Leider!»

Bustamante dachte nur, sagte aber nicht: «Mannaggia questi pasticcioni!» (Verdammte Stümper!) Dann wandte er sich an Fil und Luccio: «Wir haben also nur noch eine einzige Möglichkeit, die Bande hochgehen zu lassen, und diese Möglichkeit haben wir auch nur unter der Voraussetzung, dass wirklich die Männer von der ‹Handelsdelegation› hinter der ganzen Sache stecken oder mindestens daran beteiligt sind. Dann nämlich können wir sie morgen beim Check-in nach Frankfurt total filzen und auseinandernehmen. Bleibt freilich die Frage, wo ihnen die Dokumente übergeben wurden oder werden. Steve muss sie ständig beobachten und ihnen bis zum Flugplatz folgen. Auch Marco soll an der Chinesischen Botschaft bis morgen früh ausharren. Man kann ja nie wissen, ob der oder die Täter die Archivalien dort doch noch abgeben werden.»

Nachdem das geregelt war, legte Bustamante sich für zwei Stunden auf sein Sofa in der Dienststelle, konnte aber nicht einschlafen vor lauter Ärger über diese blöden Carabinieri.

***

Schon ziemlich früh, kurz vor sieben, rief er Msgr. Morreni an, um ihm den Stand der Dinge mitzuteilen und ihn gleichzeitig zu bitten, nach Möglichkeit bei der hoffentlich letzten Szene dieser Affäre auf dem Airport zugegen zu sein. So könne man gleich an Ort und Stelle eventuell offene Fragen miteinander klären.

Morreni versuchte den Questore bei seinen Ausführungen dauernd zu unterbrechen. Als er endlich dazu Gelegenheit hatte, stotterte er hochnervös ins Telefon hinein: «Bu-Bu, ich muss dich unbedingt sofort sprechen. Hättest du nicht angerufen, wäre ich dir in zwei, drei Minuten zuvorgekommen. Bitte versuche, am Flugplatz alle ‹Aktionen› möglichst in die Länge zu ziehen, bis ich da bin!»

«Was ist denn los, Salvatore?»

«Das werde ich dir dort erzählen. Ich wurde gestern Abend spät noch zum Kardinalstaatssekretär gebeten und erhielt dort eine womöglich äußerst wichtige Information. Bis gleich! Ciao!»

Bustamante grübelte einige Zeit vor sich hin, kam aber auf keine Idee, was da wohl im Schwange sein könnte.

Nach dem Telefongespräch ließ er sich sogleich zusammen mit Luccio und Fil zum Flughafen Leonardo da Vinci fahren. Unterwegs klingelte das Handy von Fil. Man hatte seine Frau mit starken Wehen soeben zur Klinik transportiert. Es war für Bu-Bu überhaupt keine Frage, Fil zu erlauben, sofort seinen Einsatz abzubrechen, um zu seiner Frau zu fahren. Aber Fil wollte nicht. Er hatte ohnehin nicht vorgehabt, bei der Geburt unmittelbar dabei zu sein.

Der Check-in für Frankfurt hatte gerade begonnen, die Schlange der Wartenden war noch nicht allzu groß. Auch Steve war schon eingetroffen, ging auf Bu-Bu zu und wies diskret auf drei Männer hin, die als Letzte in der Schlange standen. «Das sind sie! Ich habe sie nicht aus den Augen gelassen. Es wurde ihnen wirklich nichts übergeben.» Sollte also alle Mühe und aller Aufwand vergebens gewesen sein? Dennoch: Man musste jetzt die Sache bis zum Ende durchführen. Vielleicht hatte es ja doch eine unbemerkte Möglichkeit für die Übergabe der Archivalie gegeben.

Bustamante informierte die Grenzpolizei, den Zoll und die Sicherheitskontrolle und gab entsprechende Anweisungen. Doch war die Überprüfung der Chinesen nicht so einfach, weil der Flug nach Frankfurt innerhalb des «Schengen-Raumes» verlief und deshalb die Passagiere, in einem eigenen Terminal abgefertigt, von Grenzpolizei und Zoll nicht generell überprüft wurden. Immerhin erreichte der Questore, dass das Sicherheitskommando des Flugplatzes den Check-in-Schalter des Lufthansaflugs nach Frankfurt anwies, die Gepäckstücke der drei Chinesen mit der Destination Peking zu markieren und für eine Sonderbehandlung zu separieren. Ähnliche Anweisungen erhielt auch die vor dem Betreten der Gates befindliche Sicherheitskontrolle von Personen und Handgepäck.

Als die drei Chinesen durch den Kontrollpunkt schritten, wurden sie in einen eigenen Untersuchungsraum hineingebeten. Hier wurde alles aufs Peinlichste überprüft: Das Gepäck wurde Stück für Stück, Teil für Teil genauestens durchgesehen, und die Leibesvisitation fiel immens gründlich aus trotz des immer lauter werdenden Protestes der drei, sie verpassten auf diese Weise ihren Flieger. Dennoch blieb das Ergebnis negativ. So mussten die kontrollierenden Polizisten ihre Kontrolle aufgeben und sich höflich entschuldigen, während die drei wütend schrien, wer ihnen denn jetzt den vermutlich verpassten Flug ersetzen werde.

Der Questore war stinksauer und gab mehrfach ein tief empfundenes «Mannaggia!» von sich. Noch total müde von der durchwachten Nacht, stand er jetzt gewissermaßen vor den Trümmern seiner Ermittlungen und kriminalistischen Strategie. Aber was blieb ihm und seinen Mitarbeitern anderes übrig, als – wenigstens zunächst einmal – die Waffen zu strecken und den Heimweg anzutreten? Oder sollte er einen letzten Versuch starten, indem er alle Carabinieri, welche die Botschaften der aus der früheren Sowjetrepublik entstandenen asiatischen Staaten rund um die Uhr bewachten, per Polizeifunk anrief, um zu erfragen, wo in dieser Nacht ein Bote etwas übergeben habe? Nun ja, man konnte es ja gleich per Funkgerät vom Auto aus versuchen.

Als sie sich auf den langen, langen Rollbändern des römischen Flughafens zum Ausgang bewegten, kamen ihnen unverkennbar die drei chinesischen Bischöfe der Verhandlungsdelegation entgegen, «in voller Kriegsbemalung», also mit langen, rot-lila paspelierten Talaren, rot-lila Zingula, dunkelroten Käppchen und Schnallenschuhen sowie mit gepflegten schwarzen Lederkoffern. Obwohl weder der Questore noch einer seiner Kommissare je die bischöfliche Delegation der chinesischen Nationalkirche gesehen hatte, «mussten» die es sein. Wer sonst?

Da hatte Bu-Bu eine Idee, es war «die» Idee des Tages, die ihm da urplötzlich ohne großes Überlegen kam. Im Nachhinein konnte er diese spontane Idee auch «rationalisieren»: Kaum ein Bischof sonst, nicht einmal einer von denen der konservativen «Reichshälfte», reiste, wenn er öffentliche Verkehrsmittel benutzte, mit seinem bunten Talar. Das war absolut ungewöhnlich. Wenn diese Bischöfe es jetzt dennoch taten, musste das einen Grund haben. Vermutlich den: Man wollte Eindruck schinden. Bei wem? Bei wem sonst als bei den Kontrollbehörden. Man hatte also etwas zu verbergen!

Bustamante verließ bei der nächstbesten Gelegenheit das Rollband und betrat das in Gegenrichtung laufende; seine Begleiter folgten ihm zunächst ziemlich verblüfft. Er lief den Bischöfen nach und erreichte sie am Abfertigungsschalter der Air China. Mit dem allerfreundlichsten Gesicht, das ihm bei seiner derzeitigen Verfassung gerade noch möglich war, und mit dem sanftesten Timbre in der Stimme stellte er sich ihnen vor und bat sie, ihm und seinen Begleitern «vermutlich nur ganz kurz» in einen «Besuchsraum» zu folgen.

Als man im Zimmer angelangt war und alle Platz genommen hatten, stellte er die entscheidende Frage: «Monsignori, hat sich seit gestern Nacht jemand mit der Bitte an Sie gewandt, ein Konvolut von Papieren mit nach Peking zu nehmen?»

Zwei Bischöfe sagten viel zu schnell ein entschiedenes «Nein!», während der dritte auffällig lange brauchte, um mit einem verquälten Schütteln des Kopfes zu antworten. Immer noch im allerfreundlichsten Ton kündigte der Questore daraufhin an – sich dabei sofort tausendmal für das Ungemach entschuldigend –, dass die hochwürdigsten Herren Exzellenzen sich («leider, leider!») einer sehr strengen Gepäckkontrolle und («leider auch!») einer doch ziemlich unangenehmen Leibesvisitation unterziehen müssten. «Wissen Sie, wir haben da zu unserem allerhöchsten Missvergnügen einer schlimmen Sache nachzugehen, unter anderem zwei ‹kleinen Morden›!»

Das Wort von «zwei kleinen Morden» sowie die Ankündigung einer strengen Kontrolle reichten schon aus. Einer der Bischöfe – er stellte sich später als Msgr. Son Lin Pei, der Leiter der nationalkirchlichen Verhandlungsdelegation, heraus – sagte verlegen und ängstlich: «Von Morden wissen wir aber wirklich nichts, rein gar nichts. Und wegen des Mitnehmens von einigen Papieren wurden wir von unserer chinesischen Geheimpolizei gedrängt. Die Männer sagten ausdrücklich, dass sie sich im Einvernehmen mit dem Religionsministerium wüssten und dass dieses uns nachdrücklich dazu auffordere, den Anweisungen der Polizei Folge zu leisten. Die Geheimdienstleute sagten uns aber auch, dass noch andere ‹Interessentengruppen› hinter diesen Papieren her wären und wir sie sorgfältig aufbewahren sollten.»

«Wie kamen Sie an das Konvolut?»

«In der Nacht wurde ein kartonierter Umschlag an der Polizeiwache hinter der Porta di Sant'Anna abgegeben, und wir haben ihn, bevor wir in das Flughafentaxi stiegen, dort abgeholt, nicht ohne einen gehörigen Rüffel vom wachhabenden Beamten zu erhalten.»

Bu-Bu wusste Bescheid. Die Porta di Sant'Anna war als einziger Zugang zum Vatikanstaat zwar grundsätzlich, aber eben nur «grundsätzlich», auch die Nacht über passierbar. Wer sie aber von den Bewohnern des Ministaates, und dazu gehörten auch die Besucher von Santa Marta oder die Studenten des Campo Santo, mehr als ein-, zweimal nach Mitternacht in Anspruch nahm, erhielt eine Verwarnung, weil dafür jedes Mal ein Polizist eigens aus dem Schlaf gerissen wurde. Jetzt war also klar, wohin in der vergangenen Nacht die Dokumente gebracht worden waren.

«Was erhielten Sie noch für Anweisungen?»

«Wir sollten uns bei der Rückreise in unserer Kleidung deutlich als Bischöfe kenntlich machen, damit wir möglichst nicht kontrolliert würden, und müssten die Dokumente in einem gebrauchten kartonierten Umschlag gut im Koffer verstecken, am besten zwischen der schmutzigen Wäsche.»

«Damit musste Ihnen doch klar sein, dass Sie es hier wirklich mit ‹schmutziger Wäsche› zu tun hatten! Sie werden jetzt vermutlich eine Anzeige wegen Hehlerei und wegen des Versuchs der verbotenen Ausfuhr von nationalen Kulturgütern erhalten. Wie konnten Sie da nur mitmachen?»

Die Bischöfe schwiegen verängstigt.

«Sind Sie bereit, bei Gericht das, was Sie jetzt zugegeben haben, auszusagen, das heißt, praktisch als Zeugen gegen Ihren Geheimdienst aufzutreten?»

Die Miene der Bischöfe wurde noch ängstlicher. Dann sagte ihr Sprecher, Msgr. Son Lin Pei: «Das werden wir wohl tun müssen. Nur weiß ich nicht, ob wir dann noch, ohne Schaden zu nehmen, wieder nach China zurückkehren können.»

«Okay! Das wird sich regeln lassen!»

Bustamante schaute auf die Uhr. Es war 9.50 Uhr. Allerhöchste Zeit! Er überließ die Bischöfe der Obhut von Luccio und Fil, ging vor die Tür und telefonierte mit der Sicherheitsdirektion des Flughafens.

«Den Flug der Maschine nach Frankfurt sofort stoppen! Wir müssen drei Chinesen herausholen und wegen Gefahr im Verzug verhaften. Der Haftbefehl wird in zwei Stunden nachgeliefert!»

«Wie stellen Sie sich das vor? Das Flugzeug steht schon als drittes in der Warteschleife vor der Startbahn, und dahinter sind noch zwei andere!»

«Spielt keine Rolle! Wenn es einen Motorschaden hätte, müssten die Passagiere und die folgenden anderen Flieger auch warten. Im Übrigen hat die Boeing 707 eine eigene Gangway, die sie an Ort und Stelle herunterlassen kann. Das Gepäck der drei lassen wir jetzt drinnen und nach Frankfurt fliegen, dort wird es ohnehin als Transitgepäck umgeladen; die deutschen Kollegen sollen es dann unmittelbar nach Rom zurückschicken. Bitte also sofort den Tower verständigen und mich zusammen mit wenigstens sechs Carabinieri und zwei Blaulichtfahrzeugen hier von Raum … von Raum …», er suchte verzweifelt, die sehr klein geratene Zimmernummer zu entdecken, «… also von Raum 214a abholen. Ist das klar?!»

Als Questore stand Bustamante über dem Direktor der Airport-Sicherheitsbehörde. So musste man seiner Anweisung wohl oder übel Folge leisten.

Bu-Bu blieb außerhalb der Maschine, als, begleitet von Carabinieri, die drei Vertreter der ‹Handelsdelegation› auf der Gangway erschienen und heruntergeführt wurden. «Hiermit verhafte ich Sie wegen des dringenden Verdachts auf Beteiligung am Diebstahl wertvoller Dokumente und Beteiligung am Versuch der verbotenen Ausfuhr nationaler Kulturgüter. Überdies müssen wir dem Verdacht nachgehen, ob Sie im Zusammenhang mit der Beschaffung der Dokumente zwei Morde verübt haben. Wir werden von uns aus sofort Ihre Botschaft verständigen; die wird Ihnen mit Sicherheit Rechtsbeistand geben. Abführen, und zwar zunächst in den Arrestraum des Airports!»

Als der Questore in den Raum 214a zurückkam, fehlte dort Fil. Soeben hatte die Klinik angerufen, seine Frau habe ein Töchterchen geboren und sei wohlauf. Danach war Fil sofort davongestürzt. Bu-Bu telefonierte ihm nach: «Auguri! Auguri, Fil! Herzlichen Glückwunsch! Bitte, kauf der Carla einen großen, schönen Blumenstrauß von mir. Er darf auch recht teuer sein. Das Geld kriegst du später zurück! Und sag ihr: Sie soll eurem Töchterchen einen kräftigen bacio von mir geben!»

Vor wenigen Minuten war auch Msgr. Morreni eingetroffen und von Luccio bereits über die letzte Entwicklung informiert worden. Bustamante hatte im Trubel der Ereignisse völlig vergessen, dass ihn der Monsignore aufsuchen und ihm aufregend-neue Informationen mitteilen wollte. Morreni bat ihn auch sogleich vor die Tür, um ohne Zeugen mit ihm sprechen zu können. Nachdem Luccio die Anweisung erhalten hatte, sofort die Chinesische Botschaft zu verständigen, gingen beide hinaus.

«Bu-Bu, stell dir vor: Ich musste gestern Abend spät noch zu Sua Eminenza, dem Staatssekretär seiner Heiligkeit, kommen. Es war gerade die Diplomatenpost aus Taiwan eingetroffen. Darunter war auch ein Schreiben unserer Nuntiatur. Die hatte in den letzten Tagen, an denen mit den chinesischen Bischöfen der Nationalkirche verhandelt wurde, schon einige Male das Staatssekretariat darüber informiert, dass nach ihrem Wissen die taiwanesische Regierung alles, aber auch alles daransetzte, dafür zu sorgen, dass die Verhandlungen nicht zum Ziel führten. Denn – wir haben darüber ja schon gesprochen – das würde in letzter Konsequenz auch bedeuten, dass der Heilige Stuhl die diplomatischen Beziehungen zur ‹Republik China›, wie Taiwan offiziell heißt, abbrechen müsste, um dann solche mit ‹Rotchina› zu beginnen. Deshalb hatten wir auch den Eindruck – beweisen können wir es allerdings nicht –, dass ein oder zwei Mitglieder unserer Verhandlungsdelegation von Taiwan ganz schön unter Druck gesetzt oder vielleicht sogar – natürlich in eleganter Form – bestochen wurden.

Die neueste Information, die mir Seine Eminenz mitteilte, war nun folgende: Unter den Konsultoren unserer Nuntiatur in Taiwan gibt es jemanden, dessen Bruder Festlandchinese ist und der über hervorragende Beziehungen zum chinesischen Geheimdienst verfügt. Auf diesem Wege wurde der Nuntiatur die Information zugespielt, dass zurzeit in Rom vom taiwanesischen Geheimdienst ausgehend ein ‹Riesencoup› gestartet werde, der für längere Zeit das Verhältnis des Vatikans zur Volksrepublik China stören würde. Worin der Coup aber besteht, war nicht herauszubringen. Der Kardinalstaatssekretär teilte mir dies alles mit, weil er wusste, dass wir zurzeit mit einem Fall beschäftigt sind, in den – wenigstens von ferne her – auch der chinesische Geheimdienst verwickelt ist oder es wenigstens sein könnte. Was meinst du zu all dem?»

Bustamante wiegte seinen Kopf hin und her. Das war ja nun wirklich eine ganz neue Perspektive. Was könnte das bedeuten? In jedem Fall hatte Taiwan nur ein einziges Interesse, nämlich Rotchina schlechtzumachen. Was würde das für den vorliegenden Fall besagen, immer vorausgesetzt, die Information der taiwanesischen Nuntiatur bezog sich tatsächlich auf diese Vorgänge hier? Der Questore hatte eine Idee …

Zusammen mit Morreni betrat er wieder den Raum, in dem Luccio mit den immer noch verängstigten Bischöfen auf sie wartete. Er ließ sich die den Bischöfen vorhin abgenommene Busta mit den (natürlich nur scheinbar originalen) Protokollen des Friedensvertrags von Nertschinsk zeigen. Und siehe da! Im kartonierten Umschlag befanden sich tief unten noch zwei weitere Dokumente: ein chinesischer Pass auf den Namen Gu Han Song und ein kleines Büchlein voller chinesischer Schriftzeichen, das sich – so ergab die Nachfrage an die Bischöfe – als Taschenkalender des Jesuitenpaters erwies. Bu-Bu triumphierte insgeheim: Seine Idee hatte sich fürs Erste bestätigt. Jetzt galt es, diese in seinem Ufficio weiterzuverfolgen. Also ab zum Palazzo della Giustizia!

Als die «Mannschaft» Bu-Bus und Morreni zusammen mit den festgenommenen Geheimdienstleuten und den chinesischen Bischöfen im Ufficio angekommen waren, setzte der Questore sofort eine Dienstbesprechung an, um die weiteren Perspektiven zu erörtern. Auch Marco und Fil wurden hinzugebeten (Letzterer nur, wenn er «wolle», aber er wollte!), auch Rosalinda war dabei.

Der Questore begann sofort einen Gedankengang von glasklarster Logik zu entfalten: «Dass Pass und Kalender von Pater Gu bei den Archivalien lagen und von den Bischöfen mit nach Peking genommen werden sollten, ist völlig unsinnig, irrsinnig. Kein Mensch kann in Peking damit etwas anfangen. Also sind sie nur deshalb in den Umschlag hineingesteckt worden, um den chinesischen Geheimdienst des Mordes zu überführen. Wir *sollten* sie also finden; alles war daraufhin abgestellt. Man hat mit uns gespielt, man will mit uns spielen. Auf diese Weise sollten wir die ‹bösen Machenschaften› Rotchinas ans Licht bringen. Genau das entspricht den neuesten Informationen, die wir von Msgr. Morreni erhalten haben, wonach nämlich Taiwan die Beziehungen zwischen dem Vatikan und der Volksrepublik China nachhaltig stören will. Wer aber kann die Papiere Gus in das Konvolut mit den Archivalien hineingebracht haben? Nur ein Agent des chinesischen Geheimdienstes selbst, der aber gleichzeitig für Taiwan arbeitet, also ein Doppelagent. Wie kann der aber seine eigene Haut retten, wenn gegen alle drei, also auch gegen ihn, ein Verfahren wegen Mordes, ja sogar Doppelmordes eröffnet wird? Nur dadurch, dass er glaubhaft nachweisen kann, dass er, er allein, mit dem Mord nichts zu tun hat! Wie kann er das? Vielleicht dadurch, dass sich nur Fingerabdrücke der beiden anderen Agenten auf den Papieren von Pater Gu befinden. Also: Wenn diese hypothetischen Überlegungen zutreffen, können wir sie uns sofort bestätigen lassen.

Summa summarum: Wenn das alles zutrifft, würde es bedeuten, dass die Protokolle des Friedensvertrags von Nertschinsk nicht anderes sind als der zweite Turm, den wir voreiligerweise geschlagen haben. Eine raffinierte Falle. Beim Schachspielen würde man jetzt wohl mattgesetzt», Bu-Bu zwinkerte seinem Freund Salvatore zu, «in unserem Fall aber zeigt sich jetzt erst, worum es wirklich geht.»

Morreni und alle Mitarbeiter Bu-Bus waren von dessen Ausführungen hingerissen. Luccio ging sofort in die Arrestabteilung des Justizpalastes, wo man bereits Fingerabdrücke der chinesischen «Handelsdelegation» genommen hatte. Mit diesen und mit den Papieren von Pater Gu fuhr er mit Blaulicht sofort zum Zentrallabor der Squadra omicidi, um beides abgleichen zu lassen.

In der Zwischenzeit plante man im Ufficio das weitere Vorgehen.

«Was meinst du, Salvatore», fragte Bustamante den Monsignore, «was sollen wir mit den chinesischen Bischöfen machen? Ihre naive, unter staatlichem Druck geschehene und nicht sehr schwerwiegende Straftat ist im Wesentlichen bei euch, im Vatikanstaat, verübt worden. Was denkst du? Was sollen wir tun?»

«Wir sollten's vergessen. Diese Bischöfe haben es schon schwer genug. Was bringt da eine Bewährungs- oder geringe Geldstrafe? Und im Übrigen werden sie ja wohl noch eine Weile hierbleiben müssen, um als Zeugen aufzutreten. Dann sollen sie doch, wenn sie wollen, nach Hause zurückkehren!»

Der Questore grummelte Zustimmung. «Und was machen wir mit der ‹Handelsdelegation›?»

Darauf hatte Marco als Erster eine Antwort parat: «Weil Taiwan – falls deine Überlegungen zutreffen – es darauf abgesehen hat, Rotchina in Misskredit zu bringen, um damit eine Übereinkunft zwischen Vatikan und Festlandchina zu verhindern, sollten wir das Spiel nicht mitspielen und einfach den Fund der persönlichen Papiere von Pater Gu verschweigen. Das dürfte zur Folge haben: Die drei werden abgeschoben. Denn wegen der anderen Straftaten, die wir, ohne die Papiere von Gu gefunden zu haben, problemlos dem chinesischen Geheimdienst nachweisen können (schwerer Diebstahl, verbotene Ausfuhr usw.), werden diese Leute eine Ministrafe von, sagen wir, maximal einem Jahr bekommen; und das heißt praktisch: sie würden unmittelbar nach der Verurteilung ohnehin abgeschoben. Dann können wir sie auch sogleich ziehen lassen. Ich bin sicher, dass der Staatsanwalt dem zustimmen wird. Allerdings müssten wir ihm wohl den Mordverdacht verschweigen.»

Alles blickte nach diesem überraschenden – oder war es gar ein «versponnenes»? – Votum auf den Questore und dessen Reaktion. Aber der zögerte und überlegte. Nach einer Weile sagte er sehr nachdenklich: «Das ist im Ansatz gar nicht so dumm. Nur würde ich das Ganze noch einen Schritt weiter treiben. Wir sagen den drei Agenten beiläufig, dass wir die Papiere von Gu gefunden haben, sagen ihnen aber nicht, dass wir daraus die Konsequenz ziehen, sie des Mordes zu verdächtigen. Diese Mitteilung muss, wenn wir richtig liegen, zwei von den Agenten völlig ‹umhauen›; denn sie wissen ja noch nichts von unserem Fund, nur der Doppelagent ist informiert. Dann teilen wir ihnen mit, wir würden sie in Anbetracht einer nur geringen Strafe (wegen Diebstahls, verbotener Ausfuhr usw.) abschieben. Das bedeutet dann aber auch: Der Doppelagent muss ebenfalls zurück nach China und wird dort auf Grund des Zeugnisses der beiden andern Agenten mit allen nur denkbaren Konsequenzen enttarnt. Vermutlich wird diese unsere Taktik sogar dahin führen, dass er bei uns um Asyl nachsucht. Tut er das, haben wir eine schöne Bestätigung für unsere Theorie.»

«Aber könnte er bei uns Asyl erhalten?», fragte Rosalinda.

«Wohl nur, wenn er sich gleichzeitig, wenigstens indirekt, als Mörder outet und darauf hinweist, dass er bei Ablehnung des Asylantrags in China wegen Doppelagententätigkeit mit dem Tod bestraft wird», antwortete der Monsignore. «Ob er das tun wird? Fraglich, fraglich!»

«Nein, ich glaube auch nicht, dass er hingerichtet wird, obwohl Rotchina weltweit die meisten Todesurteile vollstreckt», warf Bustamante ein. «Normalerweise, das heißt in neunzig Prozent der Fälle, werden Doppelagenten gegen einen Doppelagenten der Gegenseite ausgetauscht. Allerdings: die Differenz von zehn Prozent – das wird das Risiko sein, mit dem ‹unser Freund› dann die nächsten Monate leben muss!»

Das Telefon läutete. Es war Luccio. Das Labor hatte in einer Blitzaktion zweifelsfrei festgestellt, dass Fingerabdrücke zweier Agenten auf den Papieren von Pater Gu vorhanden waren, ein Fingerabdruck vom dritten, von Song Huarong, jedoch fehlte.

«Packen wir's also an!», rief Bu-Bu und ließ zunächst die «Leute der Handelsdelegation» rufen.

Mittlerweile war auch der Rechtsbeistand der Chinesischen Botschaft eingetroffen und nahm am Verhör teil.

«Wir haben», begann der Questore, «aus mancherlei Gründen nicht vor, gegen Sie ein Verfahren wegen Diebstahls und Vergehens gegen das Kulturgüter-Ausfuhrgesetz in die Wege zu leiten. Sie brauchen sich deswegen zu unseren Vorwürfen auch nicht zu äußern. Die Zustimmung des Staatsanwalts vorausgesetzt, an der ich nicht zweifle, werden Sie unverzüglich in Ihre Heimat abgeschoben.»

«Wenn wir Ihr Angebot annehmen», erwiderte der Anwalt der Botschaft, «bedeutet dies in keiner Weise, dass meine Mandanten irgendeine Schuld zugeben. Wir sind überzeugt, dass wir in einer entsprechenden Verhandlung zweifelsfrei alle Vorwürfe klären können!»

Bustamante lächelte milde. «Ich glaube, Sie sollten sich über unser Angebot freuen. Denn wir verzichten bewusst darauf, der Herkunft des Passes und des Kalenders von Pater Gu Han Song nachzugehen, Papiere, die wir zusammen mit den Archivalien im gleichen Umschlag im Gepäck der Bischöfe gefunden haben!»

Der Questore beobachtete bei diesen Worten mit gesteigerter Aufmerksamkeit die Reaktion der Chinesen. Aber sowohl die für gewöhnlich sehr emotionslosen Gesichtszüge von Zentralasiaten wie auch besonders das Pokerface von Agenten ließen keinerlei Reaktion erkennen. Der Anwalt sagte nur ziemlich gleichmütig: «Ich weiß nicht, was Sie meinen! Aber das dürfte ja wohl kaum eine Rolle spielen.»

Eine kleine Pause stellte sich ein, die jäh von Herrn Song Huarong unterbrochen wurde: «Könnte ich kurz mit Ihnen sprechen? Ohne meine Kollegen und den Anwalt der Botschaft.»

«Na bitte!», dachte Bustamante.

Und dann wurde vom Agenten genau das vorgetragen, was er prognostiziert hatte: das Geständnis, wonach die beiden anderen Kollegen die zwei Morde verübt hätten, das Eingeständnis, Doppelagent zu sein, und die Bitte um Asyl. Letztere wurde, wie ausgemacht, prompt zurückgewiesen.

«Es bleibt dabei: Sie werden alle drei abgeschoben!»

«Ohne gerichtliche Klärung der beiden Morde?»

«Ohne Klärung! Und zwar auf Grund des Fehlens von Beweismitteln. Sie wissen ja vermutlich, dass die Papiere von Pater Gu nur Fingerabdrücke Ihrer Kollegen aufweisen. Aber das Fehlen von Fingerabdrücken Ihrerseits auf den Papieren von Gu ist kein durchschlagender Beweis zu Ihren Gunsten, genauso wenig wie die Fingerabdrücke der beiden anderen schon eine Mordbeteiligung beweisen. Dass Ihre ‹Delegation› die Papiere des Paters hat, ist zwar ein gewichtiges Indiz gegen Sie, aber die Papiere können prinzipiell auch woanders herrühren. So bleibt es dabei: Sie werden abgeschoben!»

Die Mitarbeiter Bu-Bus waren nicht sehr zufrieden und maulten herum: «Wir hätten doch versuchen können, den drei Chinesen oder dem einen oder anderen den Mord nachzuweisen!»

«Ich glaube im Ernst nicht, dass es uns gelungen wäre. Vergesst nicht: Auch andere Geheimdienste waren hinter den Archivalien her, wie wir das zum Beispiel vom tadschikischen Geheimdienst wissen. Damit wird die Sache vollkommen unübersichtlich. Wir wissen ja nicht einmal mit Sicherheit, ob dem italienischen Dieb die Dokumente vom Motorradfahrer geraubt wurden oder ob da eine abgesprochene Übergabe stattgefunden hat. Und zudem: Wer auch immer Pater Gu umgebracht hat und ins Archiv der Jesuiten eingebrochen ist, hat nach jetzigem Stand der Dinge gearbeitet, ohne Spuren zu hinterlassen. Und allein auf Grund von Indizien, von denen die Existenz von Pass und Kalender die wichtigsten sind, lässt sich der Mord kaum eindeutig den Chinesen anhängen. Es können ja zum Beispiel auch die Tadschiken oder andere Geheimdienstler gewesen sein.»

«Das heißt: Das Wichtigste, die beiden Morde oder, wie du in letzter Zeit häufiger sagst, ‹die zwei kleinen Morde›, bleiben ungesühnt, bleiben ungeklärt und offen?»

«Ja, so wird es wohl sein! Wir sind zwar jetzt endlich an den entscheidenden Punkt gekommen und wissen, wie die Dinge zusammenhängen, aber wer was genau ausgeführt hat, bleibt offen. Genauso offen – um noch einmal auf den Ausgangspunkt unserer ganzen Untersuchung zurückzukommen – wie die Bewertung des Ritenstreits. Denn zweiter Brief des Kaisers Kangxi hin, zweiter Brief her: Die Bewertung dessen, was damals im Ritenstreit geschah, dürfte weiterhin absolut strittig sein und bleiben. Und damit auch die Frage, wie weit eine Anpassung des Glaubens geschehen darf und geschehen muss. Denn wie sagte

Professor Bertoloni? ‹Der Ritenstreit steht im Grunde für nichts anderes als für das Satanswerk der Anpassung!› Ja, schön und gut: aber was am Phänomen der Anpassung wirklich satanisch und was evangeliumsgemäß ist, darüber wird man immer streiten können, und deshalb wird auch der historische Ritenstreit in seiner Bewertung und genauen Interpretation wohl für immer umstritten und ungeklärt bleiben, genauso wie die zwei Morde und genauso wie eine von allen anerkannte authentische Urfassung des Friedensvertrags von Nertschinsk. Wir müssen halt oft mit halben Sachen leben! – Aber kommen wir zu den Bischöfen!»

Als sie hereingeführt wurden, rief der Questore den noch immer verschüchterten Kirchenmännern zu: «Monsignori, vermutlich wird von einer Anzeige gegen Sie abgesehen. Jedoch haben Sie sich hier in Rom als Zeugen zur Verfügung zu halten. Wie lange, das weiß ich noch nicht. Es könnte vielleicht einige Tage in Anspruch nehmen. Ich habe da eine Idee, was Sie während dieser Zeit tun könnten: meditieren! Und zwar meditieren über Anpassung, über die Anpassung der Kirche an staatliche Macht und Kontrolle. Meditieren über das, was Ihnen – Sie werden sich gewiss erinnern – der freundliche junge Magazziniere im Vatikanischen Geheimarchiv als Letztes gesagt hat. Sinngemäß lautete das: ‹Man muss sich davor hüten, dass die relative Autonomie einer Teilkirche gegenüber der römischen Zentrale nicht dazu führt, dass diese Kirche – ‹frei› von Rom – dann in die Fänge staatlicher Macht, Eingriffe und Kontrolle gerät, in eine neue Form der Anpassung also, die nichts anderes als neue Unfreiheit bedeutet.› Das haben Sie ja jetzt wohl am eigenen Leib erfahren.»

Monsignore Morreni konnte sich eines Lächelns nicht enthalten, kam mit seinen Lippen ganz nah ans Ohr des Questore und flüsterte ihm zu: «Du bist und bleibst trotz allem im Grunde ‹schrecklich katholisch›, un cattolicone (ein Erzkatholik). Denn das hätte jetzt der Papst auch nicht besser sagen können!»

Einen Augenblick schien der Questore ergrimmt zu sein. Dann aber schmunzelte er und fragte: «Kennst du die Scherzfrage: Was ist der Unterschied zwischen einem Eichhörnchen und einem Klavier?»

Der Monsignore entgegnete verdutzt: «Nein!»

«Nun, also, die Antwort lautet: ‹Das Eichhörnchen springt von Ast zu Ast, und das Klavier ist auch aus Holz.›»

Morreni zog die Augenbrauen zusammen, schaute absolut verständnislos und murmelte vor sich hin: «Hö?»

«Weißt du, Salvatore, so wenig wie Eichhörnchen und Klavier miteinander zu tun haben, so weit bin ich davon entfernt, ein cattolicone zu sein!»

«Mag sein», antwortete der Monsignore, «aber das Klavier ist immerhin auch aus Holz!»

Hinweise zu den im vorliegenden Roman verarbeiteten Fakten

Die Handlung dieses Romans ist natürlich ein Phantasieprodukt. Gleichwohl sind die geographischen und kulturellen Erwähnungen und Beschreibungen, welche die Stadt Rom und ihre Umgebung betreffen, im Wesentlichen korrekt.

Ebenso entspricht die in der Vorlesung von Professor Bertoloni entworfene Skizze des «Ritenstreits», obwohl die Sichtweise *extrem* tendenziös ist, in ihrer Substanz den Tatsachen. Dazu gehört auch das Faktum eines Briefes von Kaiser Kangxi an den Papst über die nur «zivile» Bedeutung der sogenannten Riten. Nicht in Fakten begründet (jedenfalls bisher nicht) ist dagegen die Existenz eines weiteren Briefes dieses Kaisers an den Papst mit dem Inhalt und Ziel, den ersten Brief zu dementieren.

Verwundern wird vermutlich, dass die Ausführungen über den Friedensvertrag von Nertschinsk und über seine weitreichenden Folgen bis in unsere Zeit hinein im Wesentlichen den historischen Tatsachen entsprechen. Ob allerdings das Römische Archiv der Gesellschaft Jesu über die besseren Texte dieses Abkommens verfügt, ist dem Autor völlig unbekannt und muss dahingestellt bleiben. Aber bei den Jesuiten ist ja so ziemlich alles möglich ...

Von selbst sollte sich verstehen, dass die als wörtliche Zitate in Anführungszeichen gesetzten Aussagen von Philosophen, Theologen und Kirchenmännern nicht der

Phantasie des Autors entspringen, sondern authentische Äußerungen wiedergeben.

Im Zweifelsfalle empfiehlt der Autor jedoch, die eigene Allgemeinbildung und sein historisches Wissen nicht aus Kriminalromanen, sondern aus einschlägiger Fachliteratur zu beziehen.

Roman Carus